DRESSLER

Betty Hicks

Der Sommer, in dem meine Sonnenblume gekillt wurde

Deutsch von
Sylke Hachmeister

Cecilie Dressler Verlag · Hamburg

Die Übersetzerin dankt dem Deutschen Übersetzerfonds e. V.
für die Unterstützung der Arbeit an diesem Buch.

Die Originalausgabe erschien 2005 bei Roaring Brook Press,
New Milford, Connecticut unter dem Titel *Out of order*
Aus dem Amerikanischen von Sylke Hachmeister
Einband und Vignetten von Regina Kehn
Satz: UMP Utesch Media Processing GmbH, Hamburg
Druck und Bindung: Pustet, Regensburg
Printed in Germany 2006
ISBN 3-7915-0811-3

www.cecilie-dressler.de

Für Becky, Dave und Kim

Lily

»Du heißt wie eine Totenblume.«
Wer ist wohl so gemein, so etwas zu sagen?
Jemand aus meiner Familie. Das sind sie:

Mom – Frank
Eric
V
Lily
Parker

Ich bin die Zweite von unten.
Bis Mom Frank geheiratet hat, war ich oben, die Älteste. Aber kaum war in der Kirche der letzte Ton von Wagners Hochzeitsmarsch verklungen, bin ich ein paar Etagen tiefer gerutscht.
Eric, mein neuer Stiefbruder, steht oben, obwohl er das gar nicht will. Er liest zu viel, sagt komische Sachen wie »Lily, das war eine schiefe Metapher« und schreibt Geheimnisse in ein abgenutztes Buch mit braunem Lederumschlag. Normale Jungs führen kein Tagebuch, oder?
V, meine Stiefschwester, ist geistreich, beliebt und schön. Und sie sagt, ich heiße wie eine Totenblume.

»Stimmt ja gar nicht«, sage ich.
»Doch.« V schaut mir direkt in die Augen. Selbst wenn sie so gehässig ist, sieht man, dass sie ein Gesicht wie ein Filmstar hat. Dazu schokoladenbraune Haare, superkurz geschnitten wie ein Junge.
»Die Leichenbestatter legen sie immer auf den Sarg.« Sie lässt das S zischen wie eine Schlange.
Ich war noch nie auf einer Beerdigung, ich habe also keine Ahnung. »Was legen sie auf den Sarg?«
»Lilien«, sagt sie und schmeißt sich in ihre Lieblingspose – Schultern zurück und das Kinn so hoch gereckt, als hinge sie an einer Angel.
»Na und?«, sage ich, obwohl ich mir tatsächlich immer einen handfesteren Namen gewünscht habe – irgendwas Kerniges, Roxie oder Jo zum Beispiel. »Was ist daran so schlimm? Nehmen die Bestattungsunternehmer …«
»Leichenbestatter«, verbessert sie.
Im Lexikon habe ich mal gelesen, dass ein Leichenbestatter dasselbe ist wie ein Bestattungsunternehmer. Stimmt das etwa nicht? Seit ich nicht mehr die Älteste bin, bin ich meiner Sache nicht mehr so sicher wie früher.
»Von mir aus«, sage ich. »Leichenbestatter. Nehmen die nicht auch Rosen und andere Blumen?«
»Ja«, sagt sie. »Aber meistens Lilien.«
Ihr fieses Grinsen sagt mir, dass sie noch eine Gemeinheit auf

Lager hat, und ich weiß, dass ich jetzt lieber den Mund halten sollte, aber ich kann nicht.

»Weil sie schön sind?«, frage ich.

»Nein. Weil sie wahnsinnig olfaktierisch sind.«

»Olfaktierisch?«, frage ich. Ich bin mir nicht sicher, ob es das Wort gibt. Aber V ist die Intelligenzbestie, sie muss es also wissen.

»Es ist die einzige Blume, die den Gestank übertünchen kann«, sagt V.

»Den Gestank?«

Ich merke selbst, wie dämlich sich das anhört – wie ein Echo. Und obwohl ich auf einmal kapiere, wie die Antwort lautet, kann ich mich nicht zurückhalten. »Was für einen Gestank?«, frage ich.

Ihre grünen Augen leuchten auf. »Den Totengestank natürlich. Wie kann man nur so blöd sein? Wie gesagt, Lillliiii« – sie dehnt meinen Namen kilometerweit –, »du heißt wie eine Totenblume.«

Am liebsten würde ich ihr eine knallen.

Stattdessen durchforste ich mein Gehirn blitzschnell nach einer schlagfertigen Antwort, aber es ist hoffnungslos. Die Suchmaschine in meinem Kopf ist zu lahm, und mir fällt nichts Besseres ein als »V steht für Vollidiotin!«, was ich ihr entgegenschleudere, obwohl ich genau weiß, dass V für Vanessa steht.

Sie starrt mich an. Was ist das in ihrem Blick, Enttäuschung oder Mitleid? Dann lacht sie. »Das ist eine richtige Drittklässler-Bemerkung!«

Ich gehe in die sechste Klasse, das war also eindeutig kein Kompliment.

Fünf Minuten später fällt mir dann eine geniale Antwort ein, aber da ist V schon lange weg.

Ich hätte sagen sollen: »Na ja, mit Beerdigungen kennst du dich ja aus.«

Eric

Tagebucheintrag # 167

Ich schreibe den letzten Scheiß.

»In seiner Angst rannte und rannte der Junge, bis seine Lungen den Kampf verloren, die Luft wurde aus ihnen herausgequetscht wie aus einem Akkordeon.«

Das habe ich in einer Englischhausaufgabe geschrieben. Mr Jackman hat gesagt, es wär der letzte Scheiß. Wörtlich hat er gesagt, es wär eine schiefe Metapher – Lehrerjargon für den letzten Scheiß. Er sagt, in dem Satz würde ich Musik (das Akkordeon) mit Krieg (der Kampf) vermischen, und das geht nicht.

Wieso nicht?

Die Bücher von Leo Tolstoi haben viele hundert Seiten. Ich wette, da kann man auch irgendwo eine schiefe Metapher finden.

Allein *Krieg und Frieden* hat schon 1597 Seiten. Das Thema gibt echt was her.

Was könnte ich schreiben?

Akne und Pickel? Das ist noch nicht mal ein Gegensatz.

Was ist das Gegenteil von Pickel?

Tagebucheintrag # 168

Tolstoi hat diesen berühmten ersten Satz geschrieben: »Glückliche Familien sind alle gleich; jede unglückliche Familie ist auf ihre eigene Weise unglücklich.«

Vor drei Jahren hätte ich keine Ahnung gehabt, was das heißen soll, aber jetzt weiß ich es, weil ich selber drinstecke.

VORHER:

Die Familie Stone – ich, Mom, Dad, Ben und V in Chicago. Wir waren ganz glücklich, eine stinknormale Familie eben. Müde Witze. Ferien am See. Dämliche selbst gebastelte Karten zum Muttertag.

NACHHER:

Ben starb und all das rückte in weite Ferne.

Wir waren bemitleidenswert. Nicht wie obdachlose Familien, die nichts zu beißen haben. Und auch nicht wie die Familien von Filmstars, wo die Kinder alle mit Porsches und Kohle überhäuft werden und dann drogensüchtig werden. Nein. Wir litten nicht unter Hunger. Und auch nicht unter dem Gefühl der Leere, das sich einstellt, wenn die Erwachsenen, die sich um einen kümmern sollen, Versager sind.

Zuerst wollten wir es nicht glauben. Die Leukämie versuchte Ben zu töten, aber wir waren überzeugt, dass er es schaffen würde. Nichts konnte Ben etwas anhaben.

Er war die pfeilschnelle Antilope, wie man sie aus Tierdokus kennt – jedes Mal entkommt sie dem Löwen.

Aber er entkam nicht.
Wir fühlten uns taub und leer. Wäre ich ein Schriftsteller, könnte ich es besser beschreiben. Vier Leute unter einem Dach. Aber jeder allein.
Dann – ist Mom gegangen. Nach L.A. – ins Land der Amnesie. Dad ist nach North Carolina gezogen. Ins Land der Familie Evans – Mary Beth, Lily und Parker.
Der Zusammenprall von Mittelwesten und Südstaaten.
Jetzt sind sie meine neue Stieffamilie – Teil eines Gesamtpakets, in dem ein Haufen Tanten, Cousins und Cousinen und ein alter Mann namens Papa Bud enthalten sind, ein Typ, der in der Spicewood Cafeteria die Gäste begrüßt. Er ist ganz in Ordnung, aber V findet ihn so peinlich, dass sie Pickel kriegt.
Es ist schwer, sich in eine neue Familie einzufügen, sagt Dad. Hilf deiner Schwester. Geh mit gutem Beispiel voran.
Und wer hilft mir?
Jetzt ist meine Familie also größer, aber genauso schlecht dran, nur auf andere Art. Wie Tolstoi sagt: »Jede unglückliche Familie ist auf ihre eigene Weise unglücklich.«
Ich nenne es das Entgleisungstrauma.
Als wäre das Ungetüm aus Stahl, mit dem wir über das sibirische Eis fahren, aus den Schienen gesprungen. Eben noch sitzt man gemütlich in der Wärme des Waggons. Im nächsten Augenblick steckt man im Schnee fest und hat keine Ahnung, wo es langgeht.

Schauen Sie sich das an, Mr Jackman! Eine perfekte Metapher
aus Erics Meisterfeder.
»Entgleisen« hat mit Zügen zu tun.
»Aus den Schienen springen« hat mit Zügen zu tun.
Ein »Ungetüm aus Stahl« ist ein Zug.
Ja! Ich *kann* schreiben.

V

Als ich vom Babysitten bei den DeVaughans zurückkam, ging ich direkt zu Dads Werkstatt. Die hat er sich gebaut, um Platz für sein Werkzeug und die Sachen zu haben, die er gerade baut. Ihm beim Werkeln zu helfen, ist für mich das Größte überhaupt.

Da, wo wir wohnen, haben die Leute hinterm Haus alle englischen Rasen. Und dass da kein Kräutlein wuchert – dafür sorgt der Gärtner. Manche haben sogar einen japanischen Wassergarten mit abgefahrenen Statuen. Wir sind die Einzigen mit einer Werkstatt und einem Gemüsegarten. Es sieht aber gar nicht schäbig aus – die Werkstatt ist zwar aus Holz, aber sie ist schieferfarben angemalt, in derselben Farbe wie das Haus. Und Dad und ich zupfen so gründlich Unkraut, dass man zwischen den Okra-, Kürbis- und Tomatenreihen saubere Streifen dunkler Erde sehen kann.

»Dad!«, rief ich und riss die Tür zur Werkstatt auf. Ich hörte das vertraute Summen der elektrischen Schleifmaschine und spürte, wie es an meinen Ohren vibrierte. Der frische Geruch von Sägespänen kitzelte mir in der Nase.

»Hallo, Prinzessin!« Dads Miene hellte sich auf. Er hat was von einem kleinen Jungen. Dichte braune Wuschelhaare, die ihm

etwas Niedliches geben, und eine runde Metallbrille, mit der er intelligent aussieht.
Hinter dem Inhaber einer Kette erfolgreicher Delikatessenläden würde man nicht unbedingt einen begnadeten Handwerker vermuten, aber genau das ist er. Er kann alles bauen, was man sich nur vorstellen kann.
»Was wird das?«, rief ich über das Gesumm hinweg.
Da sah ich Lily. Sie räkelte sich in dem Stuhl, den Dad mir gebaut hat, damit ich relaxen kann, während er hämmert und sägt. Wenn ich ihm nicht gerade Nägel anreiche oder ihm beim Schleifen helfe, hänge ich dort unheimlich gern ab und quatsche mit ihm.
»Ein neuer Esstisch für die Küche«, antwortete er, schaltete die Schleifmaschine aus und strich die Haare mit dem Handgelenk zurück. Jetzt hatte er Sägemehl an der Stirn. »Eric behauptet, an unserem wär zu wenig Platz.«
»Da hat er allerdings Recht«, sagte ich und wartete darauf, dass Lily meinen Stuhl räumte.
»Hast du Hausaufgaben auf?«, fragte Dad.
Ich warf Lily einen Das-ist-*mein*-Stuhl-Blick zu. »Ein bisschen Algebra.«
»Stell dir vor.« Dad strahlte, als hätte er gerade eine nagelneue 305-mm-Kapp-und-Gehrungssäge mit stufenloser Gradeinteilung gewonnen. »Lily will im Garten was anpflanzen.«
»Ja«, zwitscherte Lily. »Sonnenblumen.«

»In unserem Garten?« Ich war fassungslos.
»Genau«, sagte Dad. »Wie wär's, wenn du ihr zeigst, wie man sie sät?«
Lily saß auf meinem Stuhl und schaute mich erwartungsvoll an. Sie hatte ein Schlabber-T-Shirt an, in dem sie völlig versank.
»Aber Dad, es ist doch ein Gemüsegarten.«
Er schaute auf die mit Sägemehl bedeckte Tischplatte und fuhr mit den Fingerspitzen darüber. Langsam blickte er auf und sagte: »Soweit ich weiß, Prinzessin, ist es nicht verboten, in einem Gemüsegarten auch Blumen anzupflanzen.«
Als er diesmal »Prinzessin« sagte, klang das ganz und gar nicht wie noch vor einer Minute. Das erste »Prinzessin« war ein *Hallo, wie schön, dich zu sehen!* gewesen. Aber dieses hier war ein *O Mann, bist du peinlich.*
Na gut. Schadensbegrenzung. Mit meiner freundlichsten Stimme säuselte ich: »Na klar, Lily. Das wird super. Aber Sonnenblumen sind so groß.« Ich stellte mir vor, wie sie meinen Buttersalat überragen würden. Oder meinem Tomatenprojekt die Sonne nehmen würden. »Wie wär's mit Stiefmütterchen?« Sie schien mir der Stiefmütterchentyp zu sein, aber ich war so nett, das nicht zu sagen.
»Danke!«, rief Lily – auf meinem Stuhl – begeistert. Dann fügte sie hinzu: »Aber ich hätte trotzdem gern Sonnenblumen.«
Lily Evans – das kleine Fräulein Selbstsicher. Wo war sie auf einmal wieder hergekommen? Ich erinnerte mich daran, wie

herrisch sie gewesen war, als Eric und ich in ihr Territorium eingedrungen waren. Das war jetzt knapp ein Jahr her. Damals war sie noch die Älteste und hatte immer eine passende Antwort parat gehabt.

Dad lächelte ihr so aufmunternd zu, als hätte sie gesagt, sie würde gern Präsidentin der Vereinigten Staaten werden.

»Von mir aus«, murmelte ich, ging hinaus und schloss leise die Tür. Ich überlegte, ob ich nach meinen Tomaten sehen sollte. Ich habe fünfzig Tomatenpflanzen in kleinen Plastiktöpfen gezogen. Wenn sie groß genug sind, verkaufe ich sie an die Leute im Viertel und besorge von dem Geld Fußbälle.

Der Sohn der DeVaughans, bei denen ich babysitte, ist im Irak stationiert, wegen dem Krieg. Er sagt, die Kinder dort spielen gern Fußball, aber sie haben keine Bälle.

Eigentlich wollte ich jetzt gar nicht nach meinen Pflanzen sehen. Erstens war ich zu sauer auf Lily. Und zweitens surrten überall diese fiesen, lärmigen Zikaden herum. Ich fand es ekelhaft, auf die toten draufzutreten. Das macht so ein knackendes Geräusch. Deshalb harke ich sie jeden Tag vom Kiesweg. Aber jeden Tag sind wieder neue da.

Ich stapfte die Hintertreppe hoch, um Eric die frohe Botschaft vom neuen Küchentisch zu überbringen.

In welcher Stimmung würde er sein?

Vor drei Jahren war er noch der Clown der Familie gewesen. Immer einen witzigen Spruch auf Lager. Dann starb Ben an

Leukämie und Eric schien in eine dunkle Höhle abzutauchen. Wie wir alle.

Wir zogen von Chicago nach Charlotte, um Abstand zu gewinnen. Nur Mom nicht, die ging nach L.A.

Sie brauchte Glamour. Dad brauchte Mutterboden.

Das ist jetzt genau drei Jahre her, und ich vermisse unseren Bruder Ben nicht weniger als die anderen, aber ich bin wieder ins normale Leben zurückgekehrt. Warum schafft Eric das nicht?

Er hat sich in den großen Schweiger verwandelt. Keine Freunde. Immer am Lesen. Aber nicht etwa Zeitschriften oder Sportblätter. Nein. Er liest Tolstoi und Dostojewski – zwei tote Russen, die so dicke Wälzer geschrieben haben, dass kein Mensch die Zeit hat, sie zu lesen. Ich frage mich bloß, woher sie die Zeit genommen haben, fünfzig Millionen Seiten zu schreiben!

Und was findet Eric bloß an denen? Es ist, als hätte er über Nacht eine Eingebung gehabt mit der Botschaft: Sei alt und langweilig.

Ich machte die Hintertür auf. Ob Mary Beth, die unsichtbare Stiefmutter, wohl in der Küche stand? Entweder kochte sie oder sie war nicht da, etwas anderes gab es bei ihr nicht.

Ich kann kochen.

Das hab ich ihr auch gesagt. Eric und Dad waren immer total begeistert von meiner Spaghettisauce, mit Truthahn statt mit

Rinderhack. Aber offenbar denkt sie, ich bin so alt wie Parker (neun) und zu nichts zu gebrauchen.

Außerdem würde ich ihr gern mal die Haare machen. Sie hat exakt zwei Frisuren: eilig ungekämmt und eilig hochgesteckt.

Ich schaute mich um. Keine Mary Beth. Stattdessen Bubbles – Parkers und Lilys Katze –, die elegant auf ihrem Stammplatz am Küchenfenster thronte. Sie fixierte mich mit stählernem Blick. Wie ist sie bloß an den Namen Bubbles geraten?, fragte ich mich. Mit den schwarz-grauen Streifen sieht sie eher aus wie ein kleiner Tiger, der in den falschen Farbtopf gefallen ist.

Ich nahm eine Dose Festtagsmenü mit Thunfisch und zog an der Metalllasche. Ein Luftstrom wehte den Fischduft quer durch den Raum zu Bubbles. Sie hob das königliche Haupt und schnupperte. Gerade als ich das Katzenfutter in ihren blauen Keramiknapf füllte, hörte ich johlendes Gelächter aus dem Wohnzimmer.

Eric Stone. Mein Bruder. Und er lachte.

Das hörte sich so gut an, dass ich Gänsehaut bekam.

»Eric!« Ich flitzte durch die Küche ins Wohnzimmer und hätte dabei um ein Haar Schneemann, Erics kleinen weißen Köter, gegen das Stuhlbein gekickt. Er ist rund und mopsig, aber er hatte sich so flach auf dem Boden ausgestreckt, dass er aussah wie platt gefahren.

Eric lümmelte sich auf dem Teppich neben Parker, den er Matscho getauft hat.

Das ist mal ein passender Name.
Parker sah abenteuerlich aus – Blätter und Stöcke im verfilzten Haar, verkrustete Wunden überall und nackte Füße, die, so wahr ich Vanessa heiße, noch nie im Leben mit Seife in Berührung gekommen sind.
Eric und Parker knufften sich und kicherten wie zwei Fünfjährige. Auf dem Boden lagen Star Wars-Figuren herum, und aus dem neuen Fernseher mit Flachbildschirm dröhnte *SpongeBob Schwammkopf.*
Mein fünfzehnjähriger Tolstoi lesender Bruder schaute sich zusammen mit meinem neunjährigen Stiefbruder eine Kindersendung an … und er lachte.
»Was guckt ihr denn da?«, fragte ich.
»Ach. Hi, V.« Eric schaute kurz zu mir auf. »Nichts für dich.«
Ein merkwürdiges rosafarbenes amöbenartiges Ding warf SpongeBob vor, er hätte alle anderen Bewohner des Meeresgrundes in Verruf gebracht. Ein geschmeidiges wirbelloses Wesen stieß rülpsend einen Schwall Blubberblasen aus und SpongeBob fluchte: »Oh, Tartarsauce!«
Parker lachte und stieß Eric in die Seite. Eric prustete vor Lachen.
»Das soll witzig sein?«, fragte ich.
»Ja«, kicherten sie im Chor.
»Das ist nicht euer Ernst«, sagte ich im Brustton der Überzeugung, warf die Schultern zurück und reckte das Kinn hoch.

Eric wedelte lässig mit der Hand, als wollte er eine Fliege verscheuchen.

Als ich eine Stunde später wieder aus meinem Zimmer kam, hatte ich die Algebrahausaufgaben fertig, aber ich war immer noch gekränkt. Lily kam durch den Flur stolziert, strahlend wie die Sonnenblume, die sie unbedingt pflanzen wollte.
Ich sagte ihr, dass sie so heißt wie eine Totenblume.

Parker

»Ich heiße Matscho«, sagte Parker zu seiner Mutter.

»Schön.« Mom strich sich die Haare aus dem Gesicht. »Hebst du bitte alle deine Figuren auf und bringst sie in dein Zimmer – *Matscho*?«

»Och Mom.«

»Och Matscho.«

»Du bist aber gar nicht lustig.«

»Während du einen echt umhaust«, sagte Mom und gab ihm einen Kuss aufs Haar. »Los, hol jetzt deinen Krempel aus dem Wohnzimmer.«

»Der stört doch keinen«, sagte Parker.

»Wetten doch?« Parkers Stiefvater kam mit einem sägemehlbesprenkelten Wake-Forest-Sweatshirt herein. Parker fand, dass er genauso aussah wie Harry Potter, nur älter. Sogar die Nickelbrille stimmte.

»Als ich mich gestern aufs Sofa gesetzt hab, um die Nachrichten zu gucken, hat mich ein fünf Zentimeter langes Lichtschwert in den Arsch gepikst«, sagte sein Stiefvater und wischte sich den Staub vom Ärmel. »Das hat mich ganz schön gestört.«

»Du hast Arsch gesagt!«, rief Parker. »Da kannst du was erleben! Stimmt's, Mom?«

»Frank, Schatz. Versuch vor den Kindern doch bitte wie ein Erwachsener zu reden.«

»Ach so, stimmt. Tut mir Leid. Parker …«

»Matscho«, verbesserte Parker.

»Matscho«, sagte sein Stiefvater, »gestern hat dein stecknadelspitzes Lichtschwert beinahe das empfindliche Fleisch meines Gesäßes durchbohrt.«

»Was ist ein Gesäß?«, fragte Parker.

»Ein Arsch«, sagte Frank.

»Ich geb's auf«, stöhnte Mom.

»Heißt das jetzt, dass ich meine Spielsachen nicht aufheben muss?«, fragte Parker.

Mom verdrehte die Augen, was so viel bedeutete wie: Und ob du die aufheben musst!

»Eric muss mir helfen«, verlangte Parker. »Der hat auch damit gespielt.«

»Das glaube ich kaum«, sagten Mom und Frank wie aus einem Mund.

In dem Moment kam Eric am Wohnzimmer vorbei.

»Sag's ihnen!«, rief Parker.

»Was soll ich ihnen sagen?«, murmelte Eric, ohne hereinzukommen.

»Dass du mit meinen Sachen gespielt hast.«

Eric kam hereingeschlendert. Er lehnte sich an den Türrahmen, groß und dünn, wie er war, klappte das dicke Taschenbuch zu,

in dem er gelesen hatte, und schaute auf das Chaos auf dem Fußboden. Er zupfte nervös an seinem schwarzen T-Shirt und zog es über die weite Turnhose. »Ja. Stimmt«, sagte er nur.
Frank und Mom wechselten einen Blick. In Moms Blick lag Überraschung. In Franks verbarg sich etwas anderes. Ärger?
»Was soll das?«, stieß Parker hervor und schaute die beiden wütend an. »Dachtet ihr etwa, ich lüge?«
Frank wandte sich zu Parker, einen betroffenen Ausdruck auf dem staubigen Gesicht. Selbst die Brillengläser waren mit feinen Partikeln bedeckt. »Nein, Parker, natürlich n…«
»Matscho«, seufzte Parker und fragte sich, ob Frank ihn durch den Dreck überhaupt richtig sehen konnte.
»Natürlich dachten wir nicht, dass du lügst«, fuhr Frank fort. »Wir wundern uns nur, dass …«
»Dass ich Star Wars gespielt hab?«, fragte Eric, warf sein Buch auf einen Stuhl und bückte sich, um einen kleinen Luke Skywalker und drei Jawas mit Kapuzen aufzuheben.
»Ähm … ja«, sagte Frank, setzte die Brille ab und putzte sie mit seinem Sweatshirt.
»Los, Matscho«, murmelte Eric. »Wir räumen den Kram hier mal auf.«
»Seht ihr!«, rief Parker zufrieden. »*Eric* weiß, wie ich heiße.«
Für Parker war Eric so ziemlich der coolste Typ, den man sich vorstellen konnte. Aber irgendwie war er viel netter, wenn die anderen nicht dabei waren. Eigentlich war die Sache mit der

Stieffamilie gar nicht so schlecht, abgesehen von ein paar neuen Regeln. Dass man zum Beispiel keine Videokassette überspielen durfte, ohne vorher tausend Leute zu fragen, wem sie gehört. Oder dass beim Abendessen nicht alle gleichzeitig reden durften.

Als er von der Sache erfahren hatte, war er natürlich erst mal ausgeflippt. Mom hatte sich mit ihm aufs Sofa gesetzt und mit ernster Miene seine Hand genommen.

»Ich war's nicht!«, hatte Parker behauptet.

»Was warst du nicht?«, fragte Mom.

»Das, weswegen du so guckst.«

»Parker«, sagte sie. »Du kannst Frank doch gut leiden, oder?«

»Ja, er ist ganz witzig.«

»Das ist schön. Frank findet dich nämlich auch ganz witzig.«

»Hat er das gesagt?« Parker konnte sich nicht vorstellen, dass Frank so etwas wie *ganz witzig* sagen würde.

»Schatz«, sagte Mom. »Frank und ich wollen heiraten.«

Vielleicht hatte Mom das an dieser Stelle noch gar nicht gesagt, aber es war das Nächste, woran er sich erinnerte. Daran und an das komische Gefühl in seinem Bauch. Und dann an all die Fragen in seinem Kopf. Wo wohne ich dann? Wohnen Eric und V auch dort? Kommandieren die mich dann auch so rum wie Lily? Ist Frank dann mein Vater? Was ist mit meinem richtigen Vater? Liest Mom mir immer noch eine Gutenachtgeschichte vor? Und geht sie immer noch samstags mit mir ins Kino? Oder ist sie dann die ganze Zeit mit ihm zusammen? Weiß Lily es schon? Ich wette, sie findet es schrecklich. Sie ist dann nicht mehr die Älteste. Aber ich bin immer noch der Jüngste. Ich werde immer der Jüngste sein.

»Schatz«, sagte Mom. »Was hältst du davon?«

»Ich finde, es ist eine blöde Idee.«

Moms Gesicht wurde so lang, dass Parker dachte, es würde gleich runterrutschen und auf den Boden fallen.

»Das wird ganz toll«, sagte sie leise und flehentlich. »Du hast dir doch immer einen Bruder gewünscht. Weißt du das nicht mehr? Und einen Vater, der nicht über tausend Kilometer weit weg wohnt, und …«

»Einen *kleinen* Bruder«, sagte Parker. »Ich hab mir einen kleinen Bruder gewünscht.«

»Aber Eric ist unheimlich nett. Und nächstes Jahr macht er den Führerschein. Dann kannst du mit ihm …«

»Du kapierst es nicht, Mom.« Parker schaute sie an. »Ich war immer der Jüngste.« Er verschränkte die Arme und presste sie gegen die Rippen, als wäre ihm plötzlich kalt geworden. »Und jetzt«, grummelte er, »werde ich noch jünger.«

Um ihre Mundwinkel zuckte es. »Ach, Parker«, sagte sie zärtlich und nahm ihn in die Arme.

Er war sich ziemlich sicher, dass sie sich ein Lachen verbiss, und sein Gesicht wurde glühend heiß, als er es in ihrem weichen Pulli verbarg.

»Es wird alles gut«, sagte Mom beschwichtigend. »Du wirst schon sehen.«

Und sie hatte Recht behalten. Alles war gut.

V kommandierte ihn so gut wie gar nicht herum. Sie kommandierte Lily herum.

Frank überließ ihm seine Holzreste, und er durfte nach Herzenslust hämmern. Mom las ihm immer noch vor, nicht mehr ganz so viel wie früher, aber es reichte. Er hatte eine Katze *und* einen Hund. Und Eric als Bruder war noch besser als Schnee im Winter.

Eric

Tagebucheintrag # 169

I'm growing older but not up. – Jimmy Buffet
Wie wahr.

Tagebucheintrag # 170

Dad steigt mir aufs Dach.
Mal wieder.
»Du bist der Älteste. Benimm dich auch so.«
Vielleicht hat er das nicht gesagt, aber er hat es gemeint. Das hab ich an seiner Stimme gehört.
Wenn ich bloß mit ihm reden könnte. Über Ben. Und darüber, dass ich nicht Ben bin.
Soll diese neue Familie ihn ersetzen, oder ist das immer noch meine Aufgabe? Ein bisschen Unterstützung könnte ich schon gebrauchen, klar. Aber wir sind zu viele. Wenn ich fernsehen will, muss ich das vorher anmelden. Beim Abendessen ist es am Tisch so voll, dass ich mein Fleisch nicht schneiden kann, ohne dass einer einen Ellbogen abkriegt – oder einen bösen Blick. Sechs Leute an einem Tisch. Wir brauchen unbedingt einen größeren.
Wenn man Bubbles und Schneemann mitzählt, sind wir sogar

acht. Diese Katze und mein Hund kommen besser miteinander klar als wir Menschen. Was nicht heißen soll, dass sie gut klarkommen. Nur besser.
Und was ist mit V los? Auf einmal hat meine Schwester einen totalen Hau. Kommandiert alle rum. Na gut – soll sie doch die Älteste sein.
Lily – die ist in Ordnung. Nur ziemlich still.
Matscho – der ist der Beste. Ein richtig cooler kleiner Junge.
Wenn Ben hier wäre, könnte ich dann wieder ich selbst sein? Oder wär es dann nur noch voller?

Lily

Ich werde meinen Bruder nicht Matscho nennen.

V

Ihr dürft mich die heilige V nennen.

Ich hab Sonnenblumensamen für Lily gekauft – von meinem eigenen Geld – und ihr gezeigt, wie man sie sät.

Ich hab sogar meine Tomaten näher zusammengerückt, um ihr einen sonnigen Platz zu überlassen.

»Ich bin sehr stolz auf dich«, sagte Dad.

Kleine Blubberbläschen tanzten in meinem Bauch. Vor Freude. Das machte mich noch glücklicher als neue Klamotten zu kaufen.

Dad hat keine Ahnung, weshalb ich in Wirklichkeit Tomaten ziehe. Es soll eine Überraschung sein. Er findet die Idee, den Kindern im Irak Fußbälle zu schicken, garantiert grandios.

Ben war einer der besten Torwarte von Chicago – bis er krank wurde.

Meine Pflanzen sind schon so grün und üppig, dass ich ein Vermögen damit verdienen werde, genug für zig Bälle. Ich werde zwei Dollar pro Pflanze nehmen, das ist ziemlich happig, aber dafür pflanze ich sie den Leuten auch direkt ein. Außerdem ist es für einen guten Zweck.

Und – wer hätte das gedacht – Lily ist gar nicht so übel. Ein bisschen stur vielleicht, aber fitter, als man meinen könnte, wenn man nur nach ihren Noten geht.

Immerhin hat sie Schneemann das Leben gerettet.

Er tollte wie ein Irrer im Garten rum, während wir Lilys Sonnenblumen säten. Immer wieder machte er Luftsprünge, ganz wie früher – ehe er zu alt wurde, um eine Frisbeescheibe zu fangen.

Aber jetzt, Alter hin oder her, versuchte er surrende Zikaden aus der Luft zu schnappen.

Erst dachte ich, es wären Heuschrecken und wir wären mit einer biblischen Miniplage geschlagen, aber Dad meinte, es sind Zikaden. Ich tat sie als eins dieser schrägen Phänomene ab, die es in North Carolina eben gibt: dass der Tee grundsätzlich süß und eisgekühlt ist, dass die Autos freiwillig anhalten, wenn ein Trauerzug vorbeikommt, dass Turnschuhe Tennisschuhe heißen und und und.

Jedenfalls gab es bei uns im Garten unzählige kreischende Insekten und einen Hund, der großen Spaß daran hatte, sie zu verschlingen.

Schneemann rastete total aus.

Nachdem er weiß der Henker wie viele Zikaden geschluckt hatte, fing er an zu würgen. Er hustete, dann keuchte er, und plötzlich rang der arme kleine Hund verzweifelt nach Luft.

Lily ließ ihr kostbares Samentütchen fallen und rannte zu Schneemann. Sie hob ihn hoch wie eine Puppe und presste ihm mehrmals auf den Bauch. Das ist die »Heimlich«-Methode; die kenne ich, weil ich sie im Babysitter-Kurs des Roten Kreuzes gelernt habe, aber ich wäre nie auf die Idee gekommen, sie bei einem Hund auszuprobieren.

Es klappte!

Vielleicht war es nur Zufall und Schneemann hätte die kratzigen Insekten, die ihm in der Kehle saßen, sowieso ausgehustet, aber ich muss zugeben, dass Lily echt schnell reagiert hat.

Sie hat auf jeden Fall Potenzial, und ich glaube, ich könnte eine Superschwester für sie sein.

Ich könnte ihr jede Menge beibringen. Ich hab ihr zum Beispiel gesagt, sie soll die Samen mit der Gießkanne wässern und nicht mit dem Gartenschlauch, weil sie sonst weggespült werden.

Oder vielleicht könnte ich sie überreden, Klamotten anzuziehen, die ihr auch passen. Lily ist nicht direkt dick, aber in den hautengen Tops, die ich ihr vererbt habe, ähnelt sie eher einer Murmel als einem Mädchen. Ihre eigenen übergroßen T-Shirts machen auch nicht viel mehr her. Darin sieht sie aus wie eine minderjährige Pennerin.

Ob sie sich wohl die Haare von mir schneiden lassen würde?

Lily

Meine Sonnenblume ist das Einzige, was ich für mich allein habe.

Bubbles war eigentlich meine Katze, aber weil V sie gern füttert, ist sie jetzt auch oft bei ihr. Das ist nicht so schlimm, aber es ist ja nicht alles.

Ich muss mir ein Zimmer mit Parker teilen. Ich muss Parker mit Eric teilen. Und ich muss meine Mom mit allen teilen – mit Frank, Eric, V, Parker, ihren Computerkunden und sämtlichen Kassiererinnen im Supermarkt.

Mom fährt so oft zum Supermarkt, dass alle wissen, wie sie heißt und was sie einkauft. Sie ist garantiert die Einzige in der ganzen Stadt, die Brot, Milch, Orangensaft, sechs verschiedene Sorten Cornflakes, eine Jumbopackung Eis und zwei Tüten Tortillachips kauft und vier Stunden später schon wieder in der Schlange steht, weil alles alle ist.

»Ich krieg's einfach nicht hin, für sechs Leute zu planen.« Dann streicht sie sich die Haare zurück, schnappt sich die Autoschlüssel und stürmt zur Tür hinaus – schon wieder.

Selbst meine Klamotten hab ich von V. Die Tops, aus denen sie rausgewachsen ist oder, noch wahrscheinlicher, die vor zwei Sekunden plötzlich unmodern geworden sind.

Meine Freundin Cassie meint, das wär doch toll. »V hat die coolsten Klamotten der Welt«, sagt sie. Wir sind gerade auf dem Weg zur Englischstunde.
»Guck mich an«, sage ich, ziehe das Top runter und hoffe, dass es unten bleibt.
Sie mustert mich von oben bis unten. »Du siehst soooo gut aus!«, ruft sie und betont das »soooo« mit wildem Gefuchtel.
»Cassie«, sage ich nüchtern. »Man sieht meinen Bauch. Bei V sieht das scharf aus. Bei mir nicht.«
»Na ja …« Cassie zögert, sichtlich verwirrt von der unbestreitbaren Wahrheit dieser Aussage. »Du hast tolle Zähne.«
Ich habe wirklich tolle Zähne. Weiß und regelmäßig und nicht zu groß. Sie sind das Schönste an mir. Aber hinter einem gewinnenden Lächeln lässt sich nicht der Babyspeck an meinem zu kurz geratenen Körper verbergen.
»Ich bin ein Schlabber-T-Shirt-Typ«, sage ich. »Und kein Zeig-deinen-Bauchnabel-Model.«
»Na gut«, gibt sie zu. »Vielleicht ist es nicht ganz dein Stil. Aber ich hätte total gern« – sie fuchtelt wieder mit den Händen herum – »ihre Garderobe.«
»Garderobe?!«, kreische ich. »Wie alt bist du? Fünfzig? Hundert? Garderobe?« Ich lache hysterisch los. »Wie wär's mit ihren Gewändern? Hättest du gern ihre Gewänder?«
»Outfits!«, ruft sie und wird dunkelrot. »Ich hätte gern ihre *Outfits*.«

Ich unterdrücke mein Gekicher. Cassie und ich sind nun mal uncool, da kann man nichts machen. Außerdem hat keine von uns das, was man haben muss, um so rumlaufen zu können wie V. Man muss beliebt, selbstbewusst und mit phänomenalen Bauchmuskeln ausgestattet sein. Sonst kann man es vergessen. Wo V Klasse hat, landen wir Klöpse. Aber das sage ich nicht.
Letztlich sind Cassie und meine Sonnenblume das Einzige, was ich nicht mit tausend anderen Leuten teilen muss.
Ich versuche also immer ganz besonders nett zu Cassie zu sein, und meine Sonnenblume gieße ich jeden Tag.
V hat mir gezeigt, wie man die Samen in die Erde setzt – wo *sie* sie haben wollte. Und sie hat das Samentütchen bezahlt – ein Dollar neunzehn im Supermarkt.
Das sind so Sachen, die mich irritieren. Ist sie auf Macht aus oder will sie mir helfen? Ist sie großzügig oder will sie nur, dass ich ihr dankbar sein muss?
Egal, die meisten Samen hab ich sowieso weggespült, weil ich sie, als V nicht dabei war, zu hart mit dem Schlauch bespritzt habe.
Aber eine Blume ist rausgekommen. Und sie gehört mir. Ein grüner Trieb, der sich durch die Erde gezwängt hat, dick wie ein Besenstiel und fast genauso stabil. Sie wächst schneller als der Turm von Babel und ist ebenso wild entschlossen, es bis in den Himmel zu schaffen.

Parker

»In die Spicewood Cafeteria!«, rief Parker begeistert. Das war sein Lieblingslokal, und Frank hatte gerade gefragt, wohin sie zum Abendessen fahren wollten.

V guckte, als hätte sie eine Biene verschluckt.

»Pizza Hut«, schlug Lily vor.

»Mort's Deli«, sagte Eric.

V brachte ihre Gesichtszüge wieder unter Kontrolle und sagte: »Ich könnte uns Spaghetti machen.«

»Wir gehen aus«, sagte Eric in einem Ton, in dem ein *Bist du bescheuert?* durchklang.

»Gut«, murmelte sie. »Dann könnten wir doch zu Vito gehen. Wir waren schon ewig nicht mehr italienisch essen.«

»Pizza Hut ist auch italienisch«, sagte Lily.

»Stimmt nicht«, sagte V mit Überzeugung. »Die Pizza wurde von den Amerikanern erfunden.«

»Seit wann …«, setzte Lily an, hielt dann inne und wandte sich wieder ihrem Rätsel auf dem Küchentisch zu.

Parker wunderte sich, dass seine Schwester sich so schnell geschlagen gab. Das sah ihr gar nicht ähnlich. Wo war die Lily, die mit ihm Rommé und Mau-Mau spielte und um jede einzelne Regel zankte, als ginge es um Leben und Tod?

Na ja, wenigstens war sie immer noch die schlaue Lily. Er war immer wieder baff, dass sie das Schüttelrätsel lösen konnte, das täglich in der Zeitung stand. Er schaffte das für Kinder – das hatte nur Wörter mit drei oder vier Buchstaben. Aber Lily löste das für Erwachsene, fast jeden Tag.

Bevor Mom Frank geheiratet hatte, hatte Lily immer bestimmt, wo sie essen gingen, weil Mom und Parker fast alles recht war. Und Lily hatte immer tolle Ideen.

Aber heute hatte Parker mal einen Wunsch. »In die Spicewood Cafeteria«, bettelte er. »Bitte.«

Er wollte Papa Bud wegen der Zikaden fragen. Parker sammelte tote Zikaden in einem Schuhkarton. In den Nachrichten hatte er gesehen, dass es in Städten wie Washington Billionen von Zikaden gab. Ob nach Charlotte, North Carolina, wohl auch so viele kommen würden? Papa Bud wusste das ganz bestimmt.

Und er dachte die ganze Zeit an die Leckereien – Brathähnchen, Wackelpudding, Erdbeerkuchen –, die er unter der Glasscheibe hervorziehen würde, während er das Tablett weiterschob. Er nahm jedes Mal dasselbe. Da der Wackelpudding auf einem Salatblatt angerichtet war und in der Mitte ein paar Stückchen Dosenpfirsich lagen, ließ Mom ihn als Obst *und* Gemüse durchgehen.

»Hühnchen Cacciatore«, versuchte V ihren Vater zu locken. »Mit Spaghetti als Beilage.« Dann schickte sie Mom ihr perfektes Lächeln und säuselte: »Melanzane alla parmigiana. Und als

Vorspeise Bruschetta. Na los, ihr habt die ganze Woche Kohlenhydrate gespart. Man muss auch mal über die Stränge schlagen!«

Mom erwiderte das Lächeln. »Ich freue mich schon, dass wir alle was zusammen unternehmen. Entscheidet ihr Kinder!«

Spinnt sie?, dachte Parker. War das dieselbe Mom, die ihm immer vorwarf, er würde nicht richtig zuhören? *Alle* wollten etwas anderes. Vier verschiedene Vorschläge. Hatte sie das nicht mitgekriegt?

Es gab nur eine Möglichkeit, eine Entscheidung zu treffen. Parker schob die geballte Faust zu Eric, der an der Anrichte lehnte. Eric straffte sich und schob seine Faust Parkers entgegen. Beide schwangen die Faust dreimal, und am Ende zeigte Eric die flache Hand. Parker hatte Mittel- und Zeigefinger zu einem V gespreizt.

Schere schneidet Papier.

»Ich hab gewonnen!«, rief Parker. »Eric muss für mich stimmen.«

»Quatsch!«, kreischte V.

Lily machte mit ihrem Rätsel weiter.

»Wir stimmen jetzt ab«, sagte Parker mit leuchtenden Augen. »Alle, die für die Cafeteria sind …«

Parker und Eric hoben die Hand.

»Dann hätten wir das ja geklärt«, sagte Frank und nahm seine Autoschlüssel von dem Libellenhaken neben der Tür. »Auf geht's.«

»Ich sitze vorne!«, rief Parker.
»Träum weiter«, grummelte V.
»Nicht so schnell, Matscho.« Frank packte ihn am Kragen. »Deine Mutter hat für immer und ewig Anspruch auf den Beifahrersitz. Das haben wir uns bei der Heirat geschworen, unter anderem.«
»Och …«
»Und zieh dir ein frisches T-Shirt an.«
Parker schaute an sich herunter. Er wusste, dass sich auf seinem T-Shirt irgendwo unter dem Dreck eine riesige Lokomotive verbarg und dass »Tweetsie Railroad« darauf gestanden hatte, bevor das »Tweet« abgerissen war. Er hatte am Nachmittag mit fünf anderen Jungs auf dem Kieshaufen hinter dem halbfertigen Haus der Fishers »König des Hügels« gespielt.
Von vierzehn Mal hatte er zwölf Mal verloren.
»Reife Leistung!«, hatte Eric gesagt, als Parker es ihm erzählt hatte, und ihm die Hand zum Einschlagen hingehalten.
»Hä?« Parker schlug ein, aber er verstand nicht, wozu Eric ihm gratulierte.
»Du musst besser rechnen«, sagte Eric.
»Hä?«, sagte Parker noch einmal.
»Matscho«, sagte Eric. »Überleg doch mal. Das bedeutet, dass du zweimal gewonnen hast.«
Parker sauste durch den Flur und dachte frohen Herzens an Erics Lob, dann stürmte er in das Zimmer, das er sich mit Lily teilte.

»Fahrt nicht ohne mich!«, rief er über die Schulter zurück.
Hastig ging er den ordentlichen Stapel Wäsche durch, den Mom ihm und Lily zum Einräumen aufs Bett gelegt hatte. Ein uraltes XL-Powerpuff-Girls-T-Shirt, zwei sehr viel kleinere Tops in poppigem Pink und Lavendel, ein BH. Na ja, Lily nannte es BH, aber das Teil hatte noch nicht mal Körbchen. Es hatte Fältchen.
Er war zwar erst neun, aber wie ein BH auszusehen hatte, wusste er schon. Er hatte einen von Tante May an der Wäscheleine hinter ihrem Haus gesehen, und der war so groß, dass er zwei schöne Adlernester abgegeben hätte.
Es war komisch, Mädchensachen in seinem Zimmer zu haben. Mom sagte, es sei nur für zwei Jahre, bis Eric aufs College ging. Dann würde jeder sein eigenes Zimmer kriegen. Aber eigentlich fand Parker es nicht schlimm. So war er wenigstens nie allein.
»Wartet auf mich!«, schrie er und zog sein Lieblings-T-Shirt an, das rundherum mit dem Kopf eines Triceratops bedruckt war. Abgesehen von einem Blaubeerfleck, der nicht mehr rausging, war es sauber.
Er wusste nicht, was an dem T-Shirt, das er vorher angehabt hatte, so verkehrt gewesen sein sollte, aber wenn er dafür in der Cafeteria essen konnte, lohnte sich der Aufwand.
Und wie sich zeigen sollte, lohnte er sich wirklich.

Eric

Tagebucheintrag # 171

Schnick-Schnack-Schnuck ist ein Kinderspiel mit einem großen Erwachsenenpotenzial.
Angenommen, die Staatsoberhäupter würden damit ihre Kompromisse aushandeln.
Wäre das nicht immer noch besser als gar nichts zu entscheiden?

Parker

Als sie ankamen, riss Parker die Tür zur Cafeteria auf und lief sofort auf Papa Bud zu.

»Parker!«, rief der alte Mann. Er hatte ein blaues Sakko an und einen Schlips umgebunden. Das weiße Haar trug er in einem ordentlichen Bürstenschnitt. »Wie geht es meinem …«

»Ich heiße jetzt Matscho«, unterbrach Parker ihn und setzte eine ernste Miene auf, damit Papa Bud begriff, dass das eine wichtige Mitteilung war.

»Matscho!«, rief der alte Mann fröhlich. »Wie geht es meinem kleinen Freund denn heute? Behandeln sie dich anständig in der dritten Klasse?« Er legte einen seiner langen Arme um Parker und drückte ihn.

Lily lief zu ihm und schlüpfte unter seinen anderen Arm. »Hallo, Papa Bud!«

Frank schlug ihm auf den Rücken. Mom küsste seine runzlige Wange. Eric stand etwas abseits, er hatte die Hände in den Taschen vergraben und war scheinbar brennend an den Bildern im Eingangsbereich interessiert.

»Das tut meinen alten Augen gut, euch junge Leute zu sehen!«, sagte Papa Bud mit seinem starken Südstaaten-Akzent.

»Gib ihm die Hand«, zischte Frank Eric zu.
Eric trat schnell vor und streckte die Hand aus.
»Junge, sieh dich an! Du bist ja einen halben Meter gewachsen«, sagte Papa Bud und schüttelte Eric die Hand, als wäre diese Begegnung für ihn der Höhepunkt des Tages.
Das war natürlich sein Job. Er begrüßte die Gäste. Die Spicewood Cafeteria bezahlte ihn dafür. In Parkers Augen war es der coolste Job der Welt.
»Er wird dafür *bezahlt*, dass er freundlich ist?«, hatte er seine Mutter gefragt.
»Es gibt dem Lokal eine wärmere Note«, hatte Mom erklärt. »Verstehst du – er sorgt dafür, dass sich die Gäste wie zu Hause fühlen.«
»Und wo ist meine hübsche neue Nichte?«, fragte Papa Bud Mom.
Parker schaute sich nach V um; schließlich entdeckte er sie. Sie stand schon in der Schlange und nahm sich gerade ein Tablett. Mom und Frank wechselten einen Blick, als wäre ihnen beiden irgendwas peinlich. Parker schaute an sich herab, um sich zu vergewissern, dass er wirklich ein frisches T-Shirt angezogen hatte. Sie schämten sich doch nicht wegen des Blaubeerflecks?
»Papa Bud«, sagte Parker und stopfte das T-Shirt vorn in die Shorts. »Wie ist das mit den Zikaden?«
Parker lauschte Papa Buds Antwort, während die anderen sich in der Schlange anstellten.

Als Parker sein Essen ausgesucht hatte, saßen die anderen schon mit ihren Tabletts am Tisch, bis auf Frank, der an der Kasse wartete, um Parkers Essen zu bezahlen.

»Wo ist dein Gemüse?«, fragte Frank.

Parker zeigte stolz auf den glibberigen Waldmeister-Wackelpudding.

»Nur weil es grün ist«, sagte Frank freundlich, »ist es noch lange kein Gemüse.«

Parker zeigte auf das schlappe Salatblatt unter dem Pudding.

Als Frank sich an den Tisch setzte, schaute er Mom an und sagte: »Wackelpudding? Das soll Gemüse sein?«

Sie zuckte lächelnd die Schultern. Was so viel hieß wie *Lass ihn doch, Schatz.* Sie nahm mit der Gabel etwas Kohlsalat aus dem Einweg-Schälchen.

»Ich weiß jetzt alles über Zikaden«, verkündete Parker aufgeregt. »Nur dass Papa Bud sie Julifliegen nennt, und dieses Jahr gibt es viele, aber auf keinen Fall Abermillionen wie anderswo, so viele werden es hier wohl auch nicht werden, aber sie heißen Brut X, und die gibt's nur alle siebzehn Jahre, und er sagt, wenn wir sie loswerden wollen, können wir sie essen, weil sie viel Eiweiß enthalten, wenig Fett und, ihr werdet's kaum glauben, null Kohlenhydrate.«

Diese letzte Information richtete Parker an Mom und Frank. Dann musste er erst mal Luft holen.

»Abartig«, sagte V.

»Cool«, flüsterte Eric und langte mit einem schwarz gewandeten Arm über den Tisch, um eine Pommes von Frank zu stibitzen. »Wie schmecken sie?«

»Nussig«, sagte Parker.

Mom ließ die Gabel sinken. »Schätzchen«, sagte sie sanft, »ich glaube, da hat Papa Bud dir einen Bären aufgebunden.«

»Neinnein.« Parker schüttelte entschieden den Kopf. »Er hat sogar Rezepte.«

»Ah ja«, sagte Mom und nahm noch eine Gabel voll Krautsalat. »Zikadensoufflé an Fischschuppen.«

Parker grinste. »Neinnein. Mit Affenhirn.«

»Wassermolchaugen«, sagte Eric.

»Drachenschwänzen«, fügte Parker hinzu.

»Sasquatch-Fell«, sagte Eric lachend.

»Pferdeäpfeln«, grölte Parker und haute auf den Tisch.

»Sag ihnen, sie sollen aufhören!«, rief V. »Sonst kotze ich.«

»Na gut, Jungs«, sagte Frank mit einem Blick zu Eric und besonderer Betonung auf den »Jungs«, »das reicht.«

»Lasst uns über was Schönes reden«, sagte Mom.

»Meine Sonnenblume blüht bald«, sagte Lily. »Sie ist unglaublich schnell gewachsen, sie ist schon fast so groß wie ich. Und die Knospe …«

»Wie heißen die Gezeiten in Transsylvanien?«, fragte Parker.

»Lass Lily erst zu Ende erzählen«, mahnte Frank.

»Ebbe und Blut!«, rief Parker und haute wieder auf den Tisch.

Eric lachte.

Alle anderen stöhnten, bis auf Lily, die sagte: »Ich bin so gespannt, was für ein Gelb sie hat. Auf dem Samentütchen …«

»Wie machen die Chinesen, wenn sie niesen?«, unterbrach Eric.

»Litschi!«, rief Parker.

Jetzt prusteten sogar V und Mom los.

Was für ein Spaß, dachte Parker. Es ist einfach super, so eine große Familie zu haben.

Frank lachte auch, aber dann hielt er inne und warf Eric einen tadelnden Blick zu. Er wandte sich zu Lily und sagte: »Entschuldige, Prinzessin. Was wolltest du sagen?«

»Prado Yellow. Das stand auf dem Tütchen …«

»Prinzessin!« V spuckte das Wort praktisch auf den Tisch, zusammen mit Krumen ihres Maisbrots.

Lily wurde rot.

Frank guckte erst verwirrt, dann schuldbewusst.

Alle starrten auf ihre Teller.

Selbst Parker wusste, dass Frank V Prinzessin nannte. Das wäre so, als wenn Eric irgendwen anders Matscho nennen würde. Das war *sein* Name.

»Hey«, sagte Frank und drückte Vs Arm. »Ich glaub, ihr seid jetzt beide meine Prinzessinnen. Bin ich nicht ein Glückspilz?«

»Ja, Schatz, das bist du«, sagte Mom mit einem nervösen Zittern in der Stimme. Dann wandte sie sich zu Lily. »Was wolltest du sagen, Schatz?«

»Nichts«, sagte Lily still.
»Na dann«, trällerte Mom. Ihre Stimme hörte sich immer noch komisch an. »Was gibt's bei dir Neues, Eric?«
Eric starrte sie einen Augenblick ausdruckslos an. Dann hellte sich seine Miene auf und er straffte die Schultern. »Ratet mal, was für ein Auto ich haben will«, sagte er.
»Auto?«, sagte Frank. »Wer sagt, dass du ein Auto kriegst?«
Eric warf ihm einen wütenden Blick zu. »Doch nicht jetzt. Wenn ich sechzehn bin, Dad. In vier Monaten. Hast du das vergessen?«
»Natürlich hab ich das nicht vergessen. Aber wir haben noch nicht gesagt, dass du ein Auto bekommst. Wir müssen erst darüber reden …«
»Ich hab das Geld zusammen«, sagte Eric entschieden.
Frank seufzte. »Eric«, sagte er ernsthaft, »du hast letzten Sommer schwer geschuftet. Und ich weiß, dass der Job gut bezahlt war, aber ein Auto kostet viel mehr als …«
»Hurra!«, rief Parker. »Was für eins kriegst du?« Er hüpfte auf und ab wie ein Gummiball.
Eric schaute Parker an und grinste. »Einen Leichenwagen«, sagte er.
»Einen Leichenwagen!«, riefen alle, so laut, dass am Nebentisch eine Frau mit Bratfett am Kinn das Hühnerbein, an dem sie gerade knabberte, sinken ließ und sich zu ihnen umdrehte. Zwei Kinder am Tisch rechts starrten herüber. Die Eltern wandten

den Blick ab, beugten sich aber nach links in der Hoffnung, noch mehr aufzuschnappen – vielleicht über Tote oder so.

»Ich hab einen umgebauten Buick Elektra entdeckt, silberfarben, Baujahr 81«, sagte Eric ruhig und wandte sich mit dieser umwerfenden Neuigkeit direkt an Parker. »Von Armbruster/ Stageway. Sieben Meter lang. Achtzylinder. Und kostet nur 650 Dollar.«

Eric verschränkte die Arme über dem verschrumpelten Gesicht irgendeines alten bärtigen Typen auf seinem schwarzen T-Shirt und lehnte sich zurück. »Echt cool«, fügte er hinzu.

Für Parker war das so ziemlich das Beste, was er je gehört hatte. Sein Bruder würde einen Leichenwagen fahren. Seine Freunde würden ihn total beneiden. Nein. Sie würden begeistert sein. Was man da für Fahrgemeinschaften bilden könnte!

Parker fand die Spicewood Cafeteria schon immer großartig, aber der heutige Abend übertraf alles. Er bekam nicht nur ein Stück Erdbeerkuchen, sondern gleich zwei und dazu ein Stück Apfelkuchen, weil Lily, Frank und V ganz plötzlich der Appetit vergangen war.

V

Wenn die Spicewood Cafeteria ein Körperteil wäre, dann wäre sie eine Achselhöhle.

Im Eingangsbereich stehen gammelige verblichene Möbel, und an den Wänden hängen gerahmte rosa Sonnenuntergänge, die aussehen, als kämen sie aus dem Schnäppchen-Markt.

Und wie es da riecht! Übelste Dünste von verkochtem Essen. Und die alten Leutchen da ziehen sich das Zeug rein wie Sahnetörtchen. Die grünen Bohnen sind zu einer Pampe verkocht, aus der eklige Fettstücke rausgucken.

Mary Beth sagte: »Keine Panik, das ist nur Schweinshaxe.«

Schweins*was*?! Das klang nach einem Stück Schwein, das schon mal jemand gegessen hat.

Diese Stadt ist echt schräg. Einen Abend gehen wir in die Sushibar und schlagen uns den Bauch mit Köstlichkeiten voll, die Woche drauf sitzen wir in einem Fünfziger-Jahre-Laden, in dem sie eklige braune Soße über ein Teil namens Country-Style-Steak kippen. So ein Steak hab ich überhaupt noch nie gesehen. Das Fleisch ist ein dunkles Geheimnis, das beängstigende Ähnlichkeit mit braun gefärbtem Hüttenkäse hat.

Als wir noch in Chicago wohnten, konnte ich mir nicht vor-

stellen, nach North Carolina zu ziehen. Werden da nicht diese Filme über die armen Leute in den Bergen gedreht? Wo alle Banjo spielen und keine Zähne im Mund haben? Gibt es da keine Zahnärzte? Tragen die Leute da überhaupt Schuhe?
Ich muss zugeben, dass ich mir Sorgen gemacht hab. Aber dann sind wir in ein nettes Haus in einer schönen Straße gezogen, und die Nachbarn machten einen ganz normalen Eindruck. Es gibt viele Zahnärzte und das Telefonbuch ist groß und dick – nicht wie das von Chicago, aber immerhin. Am Stadtrand stehen sogar Wolkenkratzer.
Gute Geschäfte. Viele coole Klamotten.
Zwei Sachen sind sogar besser als zu Hause. Die Gemüsesaison ist länger, sodass Dad und ich mehr anbauen können. Und ich bin in die Fußball- *und* in die Tennismannschaft reingekommen, weil die Schule kleiner ist als meine alte.
Aber gerade wenn man denkt, alles wär normal, stolpert man über so einen Laden wie die Spicewood Cafeteria. Das Einzige, was da genießbar ist, sind der Apfelkuchen und das Maisbrot. Mit Butter schmeckt das echt lecker.
Aber das Schrägste ist, dass sie einen Begrüßer haben. Das ist ein Mann, der allen, die zur Tür reinkommen, einen guten Abend wünscht. Es ist ein alter Mann, immer in demselben babyblauen Polyestersakko, immer mit demselben grellgelben Schlips. Haare sprießen ihm aus den Ohren und alle unter dreißig sind für ihn »junge Leute«.

Aber das Schlimmste ist, dass ich mit ihm verwandt bin! Er ist Parkers und Lilys Großonkel und folglich – auch *mein* Großonkel.

Er hat eine Wäscheleine im Garten.

Wo die Unterwäsche im Wind weht.

Und alle können es sehen.

Nicht, dass da viele in Frage kämen. Er wohnt in einem alten weißen Farmhaus weit außerhalb der Stadt – zwischen Mint Hill und Locust. Der Weg dorthin führt über eine unbefestigte Straße. In der Küche auf der Anrichte stehen reihenweise staubige Gläser mit selbst gemachter Marmelade und der nächste Nachbar wohnt fast einen Kilometer entfernt.

Als letztes Jahr seine Frau starb, war er so einsam, dass er sich diesen Job gesucht hat, der darin besteht, zu fremden Leuten freundlich zu sein. Ich will ja kein Snob sein, aber bei der Vorstellung krieg ich das Grauen. Von dem Job *und* von der Unterwäsche.

Jetzt hab ich also zwei Großonkels. Einen in North Carolina und einen in Ohio, den ich nie sehe.

Und Dad hat zwei Prinzessinnen.

Lily

»Wo ist bloß meine feurige Lily geblieben?«, sagt Mom. Sie steht vor der Spüle, streicht mir mit einer Hand das Haar glatt und fasst mir mit der anderen unters Kinn.

Wenn ich das wüsste.

Parker rennt durch die Küche und dribbelt einen Basketball.

»Nicht im Haus!«, ruft Mom und streicht mir immer noch über den Kopf. Schade, dass ich nicht solche Haare habe wie sie. Egal, ob sie sie hochsteckt oder offen trägt, es sieht immer gut aus.

Ich mag die sanfte Berührung ihrer langen, schlanken Finger. Graziöse Finger – nicht so Wurstfinger wie meine.

»Mein Tiger-Lily-Wirbelwind«, sagt sie.

»Nenn mich nicht so vor V oder Eric.«

»Meine kleine Draufgängerin«, fährt sie fort, als hätte ich gar nichts gesagt. »Das Mädchen mit so vielen Projekten und so vielen Überzeugungen.«

Tot und begraben, denke ich. Zwei Meter unter der herrischen V und dem anormalen Eric.

Meine Überzeugungen werden alle abgeknallt. *Buff-peng!*

Von V. Ihrer Hoheit Fräulein Alleswiss.

Aber sie weiß gar nicht alles. Bis sie hierher kam, hatte sie noch nie eine unbefestigte Straße gesehen. Und ha! Zufälligerweise ist Pizza *doch* italienisch. Hab ich im Internet nachgeguckt.

Und Projekte? Ich versuche mich an ein paar der alten zu erinnern. Zum Beispiel habe ich Moms alte Fotos alle eingeklebt. Einmal hab ich einen Umzug zum vierten Juli organisiert und eine Zeitung für unser Viertel geschrieben. Drei Monate lang habe ich ein verletztes Eichhörnchenbaby mit einer Pipette gefüttert und dabei auch viel darüber gelernt, wie man Tiere wieder auswildert. Letztes Jahr haben Cassie und ich ein geniales Kriminalstück für Parker und seine Freunde aufgeführt. Wir haben sogar ein Bühnenbild gemalt, das von dem Brettspiel »Cluedo« inspiriert war. Professor Bloom mit einem Dolch im Musikzimmer.

Aber inzwischen weiß ich, dass Eric etwas zehnmal Düstereres und Gruseligeres auf die Beine stellen könnte, das Parker noch hundertmal besser gefallen würde. Und V würde tausend Gründe anführen, warum man das alles ganz anders aufziehen sollte.

Mom nimmt mich in die Arme und zieht mich fest an sich.

Als ich die Umarmung erwidere, merke ich, dass sie sich angespannt anfühlt, und ihre gewohnten Pölsterchen sind verschwunden. Hat sie abgenommen?

»Wenn ich bloß wüsste, wo die Zeit bleibt«, sagte Mom seufzend. »Ich würde so gern mehr Zeit mit dir verbringen. Mit euch allen.« Müde lässt sie die Arme sinken, dann streicht sie sich die

Haare zurück. »Vielleicht können wir beide uns zusammen was Schönes überlegen. Und V. Sie würde bestimmt auch gern …«

»Aber Mom«, sage ich, »ich hab doch ein Projekt.«

Ihre Augen leuchten auf.

»Meine Sonnenblume«, sage ich.

Ihre Schultern lösen sich, als hätte jemand ein Seil durchtrennt, von dem sie festgehalten wurden. »Stimmt«, sagt sie. »Davon hast du uns ja letzte Woche beim Abendessen erzählt. Ist sie schon aufgegangen?«

»Ja!«, rufe ich. »Und Mom, sie ist wunderschön. Es ist unglaublich, wie schnell sie gewachsen ist! Komm, guck sie dir mal an!« Ich ziehe sie am Arm.

»Ach Süße«, sagt sie matt. »Jetzt nicht. Ich muss doch das Abendessen vorbereiten. Aber später bestimmt.« Sie drückt mir liebevoll die Schultern, nimmt einen Gemüseschäler von der Arbeitsplatte und flitzt Richtung Speisekammer.

Rumms! Das war die Hintertür.

Eric ist wieder da.

Ich schleiche mich aus der Küche, durch den Flur und zur Haustür hinaus in den Vorgarten. Dann gehe ich ums Haus herum nach hinten, um meiner Sonnenblume Wasser zu geben, die aber gar keins braucht, weil ich sie schon vor einer Stunde gegossen habe.

Ich bin nicht in der Stimmung für Eric. Manchmal macht er mir Angst.

Ich meine, er will sich einen Leichenwagen kaufen!
Und alle seine Sachen sind schwarz. Schuhe, T-Shirts, Zahnbürste. Welcher Laden führt denn schwarze Zahnbürsten? Die Gothic GmbH?
Bevor ich ältere Geschwister hatte, wusste ich noch nicht mal, was Gothics sind. Heißt das, dass ich cooler werde?
Wahrscheinlich nicht.
Ist Eric überhaupt cool? Oder einfach nur abgedreht?
Er lächelt fast nie und er duscht so heiß, dass der Duschvorhang aufweicht, und so lange, dass er zu spät zum Abendessen kommt.
Das würde Mom mir nie erlauben.
Er hat keine Freunde – jedenfalls hab ich noch nie einen gesehen. Wenn man die drei müffelnden Typen nicht zählt, die vor einem halben Jahr mal hier waren. Seitdem sind sie nicht mehr aufgekreuzt, was mich nicht weiter stört, denn sie haben nur ihre haarigen Beine in unserem Wohnzimmer ausgestreckt und es mit dreckigem Lachen und Achselschweiß verpestet.
Aber das Abgefahrenste an Eric ist, dass er im Gehen liest. Im Ernst. Er kommt lesend ins Haus geschlendert, macht lesend den Kühlschrank auf, geht lesend durch den Flur. Er bringt sogar lesend den Müll raus.
Wie macht er das? Ohne gegen die Wand zu laufen, meine ich.
Und was findet er daran gut?
Und er ist so alt, er rasiert sich sogar – einmal in der Woche, weil

Frank ihn dazu zwingt. Ansonsten lässt er fiese kratzige Stoppeln am Kinn wachsen, mit denen er aussieht wie ein Sträfling.
»Hallo«, flüstere ich, schaue hoch und suche die Blüte meiner Sonnenblume. Ich sehe, dass V ihre Zikadenharke vergessen hat; sie lehnt an meiner Pflanze.
Meine Blume.
Dann sehe ich sie.
Wie sie da hängt. Abgebrochen. Wie das Gesicht eines Toten baumelt die Blüte an ihrem Stiel.

Eric

Tagebucheintrag # 172

Tolstois *Herr und Knecht* ist eine grandiose Kurzgeschichte, aber wenn ich sie lese, wird mir durch und durch kalt – eine Eiseskälte, gegen die nur eine lange heiße Dusche hilft. Wird es in Russland nie warm?

Einem Typ wachsen Eiszapfen aus den Nasenlöchern und die Augen sind mit Raureif bedeckt. Er ist tot. Dem Glückspilz an seiner Seite – Glückspilz, weil er überlebt hat – müssen sie drei Zehen abhacken, weil die erfroren sind.

Wie wichtig sind Zehen? Es ist nicht so schlimm, wie die Augen oder einen Arm zu verlieren, aber trotzdem …

Wenn ich drei Zehen verlieren würde, hätte ich dann einen komischen Gang?

Würden die Mädchen dann mit mir ausgehen? Sie gehen ja noch nicht mal jetzt mit mir aus, *mit* Zehen.

Bestimmt würden sie mich bemerken, wenn ich einen Leichenwagen hätte.

Ob Dad mir erlaubt, einen zu kaufen?

Hält er mich immer noch für einen dummen Jungen, nur weil ich mit Parker rumalbere? Bin ich für ihn das kleine Kind, das sein Hündchen vor elf Jahren Schneemann getauft hat?

Was für einen Namen würde ich ihm heute geben? Irgendwas Taffes. Rambo? Das klingt nicht gerade nach einem pummeligen weißen Hund.
Yeti?
Raureif?
Was ist Raureif überhaupt?

Große Neuigkeiten: Tagebucheintrag # 173

V hat Lilys Sonnenblume erledigt. Zack. Einfach so. Sofortkompost.
Meine Schwester.
Warum hat sie das getan?
Weil Dad zwei Prinzessinnen hat?
Das hat sie bestimmt schwer getroffen, aber trotzdem. Diese Blume abzuknicken, das grenzt schon an Mord.
Vorher war Lily nur still. Jetzt ist sie vollkommen lautlos.
Und alle anderen schreien rum.
Dad zu V: Du hast Hausarrest!
V zu Dad: Ich war's nicht – ich schwöre!
Matscho zu Lily: Ach Mensch, es ist doch nur eine Blume. *Rede doch bitte wieder mit uns!*
Dad zu V: Lüg mich nicht an!
Mary Beth zu Matscho: Schrei deine Schwester nicht an!
Sie brüllen immer noch.
Schneemann bellt.

So laut, dass ich nicht lesen kann.
Schreibe ich eben.
Was gibt es noch zu sagen?
Lily. Es tut mir so Leid für sie. Sie hat sich um die Sonnenblume gekümmert, als wäre sie ihr Kind.
Aber immerhin hat Dad darüber alles vergessen, was mit mir nicht stimmt. Vorerst.

Tagebucheintrag # 179

Als ich da von mürrischen und launischen Menschen sprach, konnte ich nicht umhin, mich an mein musterhaftes Betragen während des ganzen heutigen Tages zu erinnern. Dostojewski, *Weiße Nächte*

Lily

Einen ganzen Tag mache ich gar nichts. Ich sage auch nichts. Ich fühle mich so hohl. So betrogen.

Reiß dich zusammen, sage ich mir.

Lily, es ist doch nur eine Blume, höre ich Parker flehen.

Er hat Recht.

Ich bin wie betäubt, weil ich eine blöde Blume verloren habe. Wie muss es für Eric und V gewesen sein, als ihr Bruder starb? Eric hat Parker erzählt, dass Ben ein ganzes Jahr todkrank war. Immerhin wurde er nicht ermordet. Am helllichten Tag von der eigenen Schwester niedergemetzelt.

Ich weiß, dass sie es war. Schließlich hat sie sogar die Mordwaffe am Tatort zurückgelassen.

Als ich die Sonnenblume gegossen habe, war da noch keine Harke. Als ich eine Stunde später wiederkam, stand Vs Harke da. Sie berührte meine Pflanze praktisch – also das, was noch von ihr übrig war.

Jetzt bin ich nicht mehr wie betäubt.

Ich bin stocksauer.

Mein Blick fällt auf Franks Spraydose mit Unkrautvertilger. Damit macht man Unkraut so platt wie eine totgetrampelte Ameise. Es vertilgt nicht nur Unkraut, sondern *alle* Pflanzen.

Weshalb hat V meine Blume getötet?
Weil ihr Vater mich gut leiden kann?
Was ist das überhaupt für ein Grund? Kann *meine* Mutter *sie* etwa nicht leiden? Könnte sie jedenfalls garantiert, wenn sie Zeit hätte.
Aber zerschnippele ich deshalb Vs neue Klamotten?
Nein.
Ich nehme den Unkrautvertilger in die Hand.
Ich starre Vs Tomatenpflanzen an – mit denen sie einen Haufen Geld verdienen will. Wofür? Für noch mehr Lipgloss? Einen neuen Stringtanga?
Ich sprühe es unschuldig auf den Kiesweg. Die Zikaden flitzen in alle Richtungen. Ob man damit auch Insekten töten kann?
Es ist ein strahlender Tag. Blauer Himmel, sanfte Brise, zarte Schäfchenwolken. Nicht zu heiß. Ich bin wütend darüber, dass ich meine Zeit damit verschwende, wütend zu sein.
Ich ziele mit dem Unkrautvertilger auf Vs Tomatenpflanzen. Soll ich sie abmurksen?
Natürlich nicht. Ich bin nicht so gemein wie sie.
Ich stelle die Spraydose wieder zurück.
Ob wir je miteinander auskommen werden?

Ich erinnere mich noch an den Tag einen Monat nach der Hochzeit von Mom und Frank – damals dachte ich, V und ich würden die besten Freundinnen werden.

Mom war zu einem Kunden gefahren. Sie weist Privatkunden in die Arbeit mit dem Computer ein – installiert neue Software, behebt Abstürze, verrät schicke Cybertricks. Alles, was alte Leute über vierzig für ihre PCs so brauchen. Und sie brauchen jemanden wie Mom, der langsam und verständlich spricht, ohne Computerkauderwelsch.

Frank, Eric, V, Parker. Alle waren weg. Ich hatte das Haus ganz für mich.

Eigentlich spiele ich schon lange nicht mehr mit Puppen. Aber manchmal, wenn mich Heimweh überkommt und es keiner sieht, krame ich meine Barbies hervor. Ich weiß nicht, warum. Es macht einfach Spaß.

Ich hab noch nie diesen Barbie-liebt-Ken-Mist gespielt oder mit der Braut-Barbie oder dem Barbie-Frisierkopf.

Würg.

Nein. Meine Barbies sind Damen in Not. In hohen Kommodentürmen eingesperrt, warten sie darauf, von Parkers G.I. Joes gerettet zu werden.

Oder sie sind Kung-Fu-Barbies, die durch die Luft wirbeln und Darth Vaders Sturmtruppen in den Cyberspace befördern.

Aber nachdem Mom und Frank geheiratet hatten, war mir das zu riskant, da hab ich sie alle zusammengepackt und auf den Dachboden verbannt.

An diesem Tag allerdings bin ich hochgeschlichen und hab sie alle wieder runtergeholt. Alle. Sogar das Jammin-in-Jamaica-

Strandauto und den California-Girl-Pool samt Zubehör. Im Nu verwandelte sich meine Hälfte des Zimmers in ein rosarotes Wunderland. Überall Plastikzeug. Parkers Bett war das böse Königreich Knoblauchfahne, und Seine Königliche Bosheit hielt Barbie in einer schwarzen Höhle unterm Kopfkissen gefangen, wo sie an schlechter Luft zu ersticken drohte.

»Barbie?«, hörte ich V völlig verblüfft sagen. »Du spielst mit Barbies?«

Ich fuhr herum und sah V in der Zimmertür stehen. Sie machte große Augen und ihre Mundwinkeln zuckten.

»Nein«, sagte ich und spürte, wie mir die Hitze den Hals hochstieg und in meinem Gesicht explodierte.

Natürlich spielte ich mit Barbies. Jeder Idiot konnte sehen, dass ich mit Barbies spielte. Es gab keine Ausrede, die auch nur ansatzweise glaubhaft gewesen wäre. Also sagte ich einfach *nein*. Sollte sie doch mit der Absurdität der Situation klarkommen. Ich blieb bei meinem *Nein*.

Einen Moment stand sie hochnäsig da, dann guckte sie schnell, ob es im Flur Zeugen gab. Als Nächstes nahm sie eins von Parkers X-wing-Kampfflugzeugen und ließ es zu der Barbie fliegen, die vom langen Warten schon fast schwarz war.

V ließ sich neben mir auf dem Boden nieder, nahm drei knappe Barbie-Fummel und packte sie ordentlich in ein passendes Reiseköfferchen. Dann verstaute sie das Ganze zusammen mit Barbies Radio im Kofferraum einer Corvette.

»Hier«, sagte sie und schob mir Barbies Prinzessinnen-Pferd Marzipan und Luke Skywalker zu. »Sattle auf, wir treffen uns vor Sonnenuntergang in Venezuela.«

Ich brauchte einen Moment, um den Schock zu verarbeiten. Dann ließ ich mich hintenüberfallen und lachte, bis mir die Tränen kamen.

Die nächste Stunde spielten wir Barbie Blöd. Lauter schräges Zeug. Wild und verrückt. Ich fand meine neue Schwester super.

Zwei Tage später guckten Cassie und ich bei uns Fernsehen, als V mit ihrer neuen Freundin Jessica durchs Wohnzimmer schlenderte. Jessica ist eine von denen, die jeden Tag ihres Lebens ins Schwimmbad gehen, ohne sich je nass zu machen.

Cassie findet sie interessant.

Ich finde sie langweiliger als ein ausgespucktes Stück Kaugummi, aber aus reiner Freundlichkeit sagte ich »Hallo, Jessica«.

»Das ist Lily«, sagte V mit hochgerecktem Kinn. »Die spielt noch mit Puppen.«

Das ist jetzt schon fast ein Jahr her, aber wenn ich daran denke, zieht sich mir immer noch das Herz zusammen, als würde es von einer riesigen Hand ausgepresst wie eine Zitrone. Genauso fühlt es sich an, wenn ich meine abgeknickte Sonnenblume anschaue. Die jetzt von oben nach unten allmählich braun wird. Ich nehme den Unkrautvertilger, und dann kann ich mich

nicht bremsen und besprühe ein Dutzend von Vs Tomatenpflanzen.
Schließlich bremse ich mich doch. Ich schaffe es nicht, ihr ganzes Projekt zu zerstören, auch wenn sie es verdient hätte.
Aber es ist sowieso egal. Der Wind trägt das Gift zu allen fünfzig Pflanzen.
Das wollte ich nicht.

Parker

Das wollte ich nicht, dachte Parker und starrte unglücklich auf den abgenutzten Basketball in seinen schmutzigen Händen.
Wer hätte ahnen können, dass er so hoch springen würde? Und dass er so hart treffen würde?
Parker ließ den Ball fallen und sah ihm nach, wie er bis zum Ende der Einfahrt rollte. Dann rannte er, so schnell er konnte, hinterher und schoss den Ball so fest, dass ihm die Zehen wehtaten.
»Blöder Ball!«, rief er ihm nach, als er über die Straße flog, vom Bordstein abprallte und dann bis zum Gully vorm Haus der Flannigans trudelte.
Gut, dachte er.
Hoffentlich wurde der Ball von einem Abflussrohr verschluckt und in den Atlantik gespült.
Ärgerlich wischte Parker eine Träne weg und hinterließ dabei eine Dreckspur im Gesicht.
»Blöder, blöder Ball«, sagte er wieder. »Du bist schuld, dass ich Lilys Blume kaputtgemacht hab.«

V

Nach der Schule ließ Mary Beth mich an der Einfahrt raus, damit ich die leere Mülltonne zurück in die Garage bringen konnte. Wenigstens *das* traut sie mir zu.

Ich freue mich schon, wenn Eric endlich den Führerschein hat. Dann kann er uns alle von der Schule nach Hause bringen. Die Rückfahrt heute war mehr als öde.

Parker, normalerweise lauter als die Zikaden, war stumm wie ein Fisch. Lily saß vorn und bewegte nur den Kopf, wenn Mary Beth sie etwas fragte.

»Alles in Ordnung?«

Nicken.

»Hast du nicht irgendwas?«

Kopfschütteln.

»Du bist so still.«

Achselzucken.

»Ist es wegen deiner Blume?«

Heftiges Kopfschütteln.

Man muss Mary Beth zugute halten, dass sie die letzte Frage nur flüsterte – damit ich, der Sonnenblumen-Schlächter, mich nicht mies fühlen musste. Aber ich hörte es doch.

Alle denken, ich hätte Lilys kostbare Pflanze ermordet, aber ich war es nicht.
Eric hatte auf der ganzen Rückfahrt die Nase in seinem Wälzer. Wieso wird ihm dabei nicht schlecht?
Ich für meinen Teil war heilfroh, dem Wagen acht Sekunden früher entfliehen zu dürfen, und sei es nur, um die Mülltonne reinzuholen. Mary Beth dachte wahrscheinlich, ich würde jubilieren, weil ich auf dem Weg über die Einfahrt unschuldige Insekten zertrampeln konnte – ganz nach dem Herzen einer Killernatur.
Dabei fand ich es schrecklich für Lily. Sie hat die Blume geliebt. Aber wie sollte ich ihr das sagen, ohne dass es wie ein Geständnis klang? *Tut mir Leid* impliziert *Tut mir Leid, dass ich sie getötet habe.* Was ist wirklich passiert?
Ich suchte nach Indizien, doch es gab keine Anzeichen von Krankheit oder Schädlingen oder Unkrautvertilger. Sie sah einfach nur abgeknickt aus, als hätte ihr jemand eins mit dem Baseballschläger übergezogen. Oder mit meiner Harke.
Ich wartete, bis die Hintertür zuschlug und alle wie die Zombies ins Haus geschlichen waren. Ich stellte mir Eric vor, wie er immer noch in seinem Buch las. Wie schafft er es, im Gehen zu lesen?
Brumm! Mary Beth war nicht mit ins Haus gekommen. Sie hatte den Rückwärtsgang eingelegt und fuhr aus der Einfahrt. Sauste irgendwohin.

Ich winkte ihr, damit sie anhielt, weil ich sie fragen wollte, ob ich schon was fürs Abendessen vorbereiten könnte. Sie winkte zurück und fuhr weiter. Ahnungslos ist gar kein Ausdruck für diese Frau.

Also machte ich stattdessen die Tür zum Werkzeugschuppen auf und suchte nach meiner Harke. War sie immer noch im Garten? Igitt. Auf wie viele Zikaden würde ich treten, wenn ich zu meinen Tomaten ging?

Ich stellte mir vor, wie grün und prall die Tomaten schon waren – optimal zum Verkaufen. Ob Parker mir wohl seinen Handwagen leihen würde, damit ich sie von Tür zu Tür bringen konnte? Oder sollte ich lieber zu jedem Haus einzeln gehen und immer fünf oder sechs ordentlich in einer Kiste anbieten?

Und was sollte ich als Erstes sagen?

Möchten Sie vielleicht ein paar Tomatenpflanzen kaufen?

Oder lieber *Ich sammle Geld, um Fußbälle für Kinder im Irak zu kaufen*?

Nein. Bevor sie bei der Vorstellung, sie müssten in der Erde rumwühlen und schwitzen, das Gesicht verzogen, musste ich direkt klarstellen: *Ich pflanze sie Ihnen ein.*

Dann könnte ich ihnen erzählen, dass die Erde in unserem Viertel den idealen pH-Wert für Tomaten hat, leicht sauer. Ich würde ihnen ein wenig Baumwollkuchen gratis anbieten, und dann würde ich erklären, dass ich ein paar der niedrigeren

Triebe mit einpflanzen würde, damit sie auch Wurzeln bildeten, sodass die Pflanze bei Trockenheit leichter Feuchtigkeit aus dem Boden aufnehmen könnte.

Alle Nachbarn würden mich für das totale Pflanzengenie halten. Erst zum Schluss würde ich die Fußbälle erwähnen. Ein großzügiges Genie, würden sie denken und mit Freuden drei Pflanzen kaufen, vielleicht sogar vier.

Ich schlich um die Hausecke in den Garten und wich auf Zehenspitzen den Zikaden aus.

Als ich aufschaute, sah ich dort, wo meine Pflanzen hätten stehen sollen, nur welkes Unkraut.

Meine Tomaten waren weg.

Nein. Ich sah noch mal hin. Sie waren nicht weg. Das hässliche Unkraut *waren* meine Tomaten.

Ich traute meinen Augen nicht.

Fünfzig Pflanzen. Alle schlaff. Krank. Braun. Sterbend.

Nein. Ich ging noch ein wenig näher heran. Nicht sterbend. Tot.

Lily

Ich sitze in meinem Zimmer und wäre am liebsten tot, als V wie eine Rakete zur Tür hereingeschossen kommt.

»Du ekliges gemeines Biest!«, kreischt sie. »Du hast meine Pflanzen ermordet!«

Ihr Gesicht ist so rot, wie ihre Tomaten irgendwann gewesen wären.

»Ich hasse dich!«, schreit sie. »Ich hab deine dämliche Blume nicht umgebracht!«

Ich wusste schon den ganzen Tag, dass das kommen würde. Und mir fällt immer noch nichts ein, was ich sagen könnte.

Ich wollte nur ein paar umbringen?

Ich bin nur zum Teil ein ekliges gemeines Biest?

Ich frage mich, woher sie weiß, dass ich es war, aber eigentlich überrascht es mich nicht. Wenn es um Pflanzen geht, ist V eine Superspürnase. Vielleicht hab ich Fingerabdrücke auf dem Unkrautvertilger hinterlassen oder Lily-Atem auf den verschrumpelten Blättern.

»Es tut mir Leid«, flüstere ich, wohl wissend, dass das nicht reicht.

»Es tut dir Leid?!«, kreischt sie. Sie macht einen Riesenschritt

auf mich zu und ich ducke mich unwillkürlich. Will sie mich schlagen?

»Es *wird* dir noch Leid tun!«, ruft sie. Sie macht kehrt, stürmt aus dem Zimmer und knallt die Tür hinter sich zu.

Parkers Shrek-Poster rutscht an einer Seite runter. Das große grüne Monster mit der treudoofen Ausstrahlung sieht mich schief an.

Du, sage ich zu ihm, bist nur äußerlich hässlich. Ich bin überall hässlich.

Nein.

Moment mal.

Ich *wollte* sie ja nicht alle umbringen.

Und außerdem, was hat *sie* denn getan?!

Jetzt sind wir doch quitt, oder?

Eric

Tagebucheintrag # 175

Er war ein alter Mann, der allein in einem kleinen Boot im Golfstrom fischte, und er war jetzt vierundachtzig Tage hintereinander hinausgefahren, ohne einen Fisch zu fangen. – Erster Satz aus *Der alte Mann und das Meer* von Ernest Hemingway

Russland hängt mir zum Hals raus. Von diesen ganzen Kriegen und dem Raureif wird man müde und fängt an zu frieren. Plötzlich hat mich das alles an unser Zuhause erinnert. Dostojewski, der darüber schreibt, warum die Leute so daneben sind; Tolstoi mit seinen Kriegen und Familienproblemen. Da hab ich Mr Jackman gefragt, ob er mir ein Buch empfehlen könnte, das nichts mit Familien oder Fehden zu tun hat – irgendwas Taffes, der Mensch gegen die Natur. Zum Beispiel *Moby Dick*.

Eric, sagt er, du verblüffst mich. Aber mach mal halblang. *Moby Dick* hat tausend Seiten. Gönn dir mal was Kürzeres. *Der alte Mann und das Meer*, sagt er.

Ich mag dicke Bücher – in denen kann ich mich wochenlang verlieren.

Das Buch von Hemingway ist so dünn, dass es sich anfühlt wie

»Königs Erläuterungen«. Aber es ist cool. Die Sprache ist hart und direkt.

Da ist ein Junge, der einem alten Mann beim Fischen helfen will, aber sein Vater erlaubt es nicht, weil der Alte ein Versager ist. Er hat seit 84 Tagen nichts gefangen.

»Ich bin noch ein Junge, und ich muss ihm gehorchen«, sagt der Kleine, aber er möchte dem alten Mann trotzdem einen Gefallen tun, deshalb gibt er ihm ein Bier aus und der alte Fischer mit dem runzligen, wettergegerbten Gesicht nennt ihn einen Mann.

Ich weiß, dass ich etwas gegen die Krise in unserer Familie unternehmen müsste. Lily und V hassen sich. Dad und Mary Beth sind total gestresst deswegen. Sogar Matscho ist neben der Spur.

Dostojewski würde sie alle mit einem Blick durchschauen.

Ich lese lieber.

Lily

V und ich haben Hausarrest. Jetzt sitzen wir hier fest. Zusammen.

Das ist so ungerecht. Nicht dass wir Hausarrest haben – das haben wir beide verdient. Aber allein mit ihr zusammen im Haus komme ich mir vor wie ein Lamm, das mit einem Löwen eingesperrt ist. Na ja, vielleicht nicht wie ein Lamm. Eher wie eine Ratte. Ob Lamm oder Ratte, ich verstecke mich leise in den Ecken unseres großen Käfigs und hoffe, dass sie mich nicht wittert.

Ich höre, wie sie in der Küche herumscheppert. Und im Wohnzimmer Staub saugt. Langweilt sie sich oder ist sie so gemein, dass sie absichtlich die besten Zimmer blockiert?

Eigentlich müsste ich jetzt die Hausaufgabe für Geschichte machen – und mir außerdem ein Projekt für Naturkunde aus den Fingern saugen. In einem Monat ist das Schuljahr um und Mrs Finley will ein Projekt haben!

Apropos gemein.

Sie meint, wir bräuchten eine anspruchsvolle Aufgabe, damit wir uns nicht zu früh einen lauen Lenz machen.

Aber das ist mir jetzt egal, weil ich mich sowieso auf nichts anderes konzentrieren kann als auf die schlechten Schwingungen im Haus. Ich schwöre, dass ich sie förmlich spüren kann. Auf der Haut. Wie einen Puls.

Also lege ich mich hin, denke darüber nach, dass ich in Naturkunde noch weiter absacken werde, und löse ein Rätsel nach dem anderen.

Ich liege auf dem Bett, starre auf »ulbem« und versuche es zu entschlüsseln. Normalerweise sind die Wörter mit fünf Buchstaben ein Kinderspiel für mich. Nur die mit sechs Buchstaben bereiten mir Kopfzerbrechen. Aber ich kann nur an Mom und Frank denken, die vorhin wie zwei Geister in mein Zimmer geschlichen kamen und sich vorsichtig auf Parkers quietschendem Bett niederließen.

»Lily«, sagte Mom und nahm zur Unterstützung Franks Hand. »V und du, ihr müsst euch beieinander entschuldigen.«

Frank richtete sich auf und guckte so zuversichtlich, als wäre dann alles wieder in Butter.

»Das hab ich schon«, sagte ich. »Ganz schnell sogar. Ich hab ihr gesagt, dass es mir Leid tut. Aber sie war stocksauer. Das nehme ich ihr auch gar nicht übel. Ich hab's dann später noch mal versucht. Als sie sich ein bisschen beruhigt hatte.«

»Und was hat sie da gesagt?«, fragte Mom.

Hoffnungsvoll beugte Frank sich vor.

Ich schaute ihn genau an. Sollte ich wortwörtlich wiederholen, was seine Tochter gesagt hatte? Auf gar keinen Fall. Auf die zweite Entschuldigung hatte sie noch wütender reagiert als auf

die erste. Wenn ich ihre Worte wiederholte, musste ich mit lebenslangem Hausarrest rechnen.
»Sie hat gesagt, ich soll ziemlich weit weggehen.«
Frank sackte in sich zusammen. »Weiter nichts?«, fragte er.
»Sie hat geschworen, sie hätte meine verflixte Sonnenblume nicht angefasst.«
Er ließ die Schultern hängen.
»Und?«, bohrte Mom weiter.
»Das war so ungefähr alles«, log ich. Warum sollte ich mich mit Vs Behauptung aufhalten, sie hätte das Geld für ihre Tomaten in Fußbälle für irakische Kinder investieren wollen? Das kann sie ihrer Großmutter erzählen. Fußbälle! Irak!
Dann schicke ich meine Brotkrusten hungernden Kindern in Afrika.
Beim Rausgehen sahen Frank und Mom einige Zentner schwerer aus als beim Reinschleichen.
Garantiert wissen sie, dass V nicht »verflixt« gesagt hat. Das sage ja noch nicht mal ich. Aber ich hab es Papa Bud schon hunderttausendmal sagen hören und ich fand es eine ganz angemessene Umschreibung für das, was sie wirklich gesagt hat.
Mit seiner altmodischen Art bringt Papa Bud die Dinge manchmal besser auf den Punkt, als Shakespeare es gekonnt hätte. In diesem Moment würde er sagen, dass ich in einer unbarmherzigen Welt lebe. Und er würde sagen, ich soll V verzeihen, weil es so in der Bibel steht.

Ich weiß das, denn ich gehe in die Sonntagsschule. V und Eric wissen es wahrscheinlich nicht, denn sie gehen fast nie hin. Mom sagt, ich muss, während V und Eric alt genug sind, um selbst zu entscheiden.

Das ist ungerecht.

Ich nehme mir mein Rätsel wieder vor.

V

Ich konnte die Spannung im Haus spüren. Echt *spüren*. Als Dad und Mary Beth reinkamen, um ihren Sermon abzulassen. Ich schwöre, dass die Luft um mich herum dicker wurde und anfing zu vibrieren.

Ich tat schwer beschäftigt, saß am Schreibtisch und machte Algebra. Sie ließen sich so vorsichtig auf dem Fußende des Betts nieder, als könnte es zusammenkrachen. Mary Beth drückte Dad zur Unterstützung sanft den Arm, was ich eigentlich nicht sehen sollte. Es hätte mich nicht gewundert, wenn sie angefangen hätte zu beten. *Lieber Gott, steh Frank bei in diesem Augenblick der Krise und vergib V ihre Sünden. Amen.*

»V«, sagte Dad. »Lily und du, ihr müsst euch beieinander entschuldigen.«

»Auf gar keinen Fall«, sagte ich, ohne aufzuschauen.

»Sie hat sich auch bei dir entschuldigt«, sagte Mary Beth sanft.

»Ha!«, sagte ich.

»Ha?«, wiederholte Dad, jetzt mit leicht ärgerlichem Unterton. Was soll das heißen, ›Ha!‹?«

»Ich meine, das ist ja wohl das Mindeste, was man verlangen kann«, sagte ich. »Nachdem sie fünfzig Pflanzen umgebracht hat. Eigentlich müsste sie mich entschädigen.«

Dad seufzte. »V, du hast *ihre* Pflanze auch umgebracht.«
Ich knallte meinen Stift auf den Schreibtisch. »Hab ich *nicht*!«
Beißende Tränen stiegen mir in die Augen.
Warum glaubte mir keiner?
»V«, sagte Dad und stand wütend auf. »Du hast so lange Hausarrest, bis du dich bei Lily entschuldigt hast.«
Mit großen Schritten ging er aus dem Zimmer, Mary Beth schlich hinterher. Sie berührte mich im Gehen leicht an der Schulter.
Was soll's? Auf die beiden kann ich gut verzichten.
Jede Wette, dass die auch bestens auf mich verzichten können.
Mary Beth behandelt mich, als wäre ich fünf und total hilflos.
Während sie – das Superweib – arbeitet, kocht, putzt und einkauft und noch nicht mal weiß, dass ich ihr helfen könnte.
Dass ich *gern* helfen würde.
Ich hab für Dad früher immer alles Mögliche im Haushalt erledigt.
Kaum waren sie aus dem Haus, bin ich in die Küche und hab erst mal einen Schrank aufgeräumt. Mary Beth hatte die Töpfe und Pfannen alle übereinander gestapelt. Immer wenn man die Tür aufmachte, um eine Schüssel oder einen Topf rauszuholen, kamen einem ein paar Deckel entgegen. Ich hab den ganzen Krempel neu geordnet. Hab die Töpfe in ein anderes Fach geknallt. Die Deckel in ein separates Regal, der Größe nach gestapelt. Ich hab sogar die Regale abgewischt und den Dreck

eines Jahres entfernt. Das Aufräumen tat gut, aber das Beste war das Töpfeknallen.

Dann hab ich im Wohnzimmer Staub gewischt und gesaugt. Sie sollte mich dafür bezahlen.

Vielleicht könnte ich damit Geld zusammenkriegen. Nie im Leben würde ich ihnen von meinem Plan mit den Fußbällen erzählen. Wer würde mir das schon glauben?

Sie haben mich sofort als Lügnerin abgestempelt. *Warum bloß?* Bin ich so fies?

Ich saugte hinterm Sofa und versuchte mich zu erinnern. Na ja, vielleicht hab ich mich einmal nicht ganz so nett verhalten. Oder auch zweimal …

In dem Moment, als ich den Staubsauger ausschaltete, kam Eric ins Wohnzimmer gepoltert. Er schaute von einem dünnen Buch auf, das er gerade las. »Hat Mary Beth gesagt, du sollst hier sauber machen?«

»Nee«, sagte ich und nahm den Staubwedel.

»Spinnst du jetzt komplett?«, fragte er.

»Nee«, sagte ich und wischte ihm mit dem Staubwedel durchs Gesicht.

»Ey, das ist ja eklig.« Er fuchtelte mit den Armen vor meiner Nase rum. »Lass den Scheiß.« Er zog die Nase kraus, dann nieste er.

»Weißt du was?«, sagte er und wischte sich die Nase am Ärmel seines T-Shirts ab.

Vielleicht steht er deshalb auf schwarze Klamotten, dachte ich.
»Ich hab Infos über Schnick-Schnack-Schnuck im Internet rausgesucht«, sagte er.
»Schnick Schnack Schnuck?«, wiederholte ich. Wovon redete er?
»Ja«, sagte er. »Du weißt schon – das Stein-Schere-Papier-Spiel, mit dem Matscho und ich immer Entscheidungen ausknobeln. Und weißt du was?«
»Was?«, sagte ich und fragte mich, ob er jetzt endgültig den Verstand verloren hatte. Ob bei ihm jetzt wieder das kleine Kind durchbrach, für das Mary Beth mich hielt.
»Es ist ein geniales Spiel. Das spielen auch Erwachsene. Da gibt es richtige Turniere. Strategien. Es ist angesagter als Schach.« Er strahlte wie ein kleiner Junge, der sein nagelneues Mountainbike vorführt.
»Angesagter als Schach?«, wiederholte ich.
»Na ja«, sagte er und wickelte sich einen Zipfel seines T-Shirts um den Finger. »Das ist vielleicht etwas übertrieben. Aber echt angesagt.«
»Und wenn schon«, murmelte ich, hob eine Lampe hoch und wischte darunter her.
»Mann, V«, grummelte er und murmelte dann einen ganzen Wortschwall, den ich nicht verstehen konnte. Ärgerlich verschwand er in den Flur.
Vielleicht hatte Dad Recht, wenn er sich Sorgen um ihn machte. Ich hörte auf mit Staubwischen. Machte Dad sich wirklich

Sorgen um ihn? Manchmal, wenn Eric und Parker sich so richtig gaga benahmen, wirkte er eindeutig genervt, aber sonst hatte ich manchmal den Eindruck, dass Eric das total überbewertete. Ich dachte an Ben, bevor er starb. Wie alt war er da? Vierzehn. Ein ganzes Jahr jünger als Eric jetzt. Wahnsinn. Ben hatte eindeutig einen reiferen Eindruck gemacht. Oder wirkte Eric jünger? Abgesehen von den öden alten Schinken, die er las. Aber gerade hatte er mal ein richtig dünnes Buch in der Hand. Was das wohl für eins war? *Schnick Schnack Schnuck?* Oder *Kannst du nicht schlafen, kleiner Bär*?

Ich schaute auf und sah Lily in der Tür stehen. Sie schlich gar nicht geduckt an mir vorbei wie sonst immer. Stattdessen starrte sie mich an, als würde sie nicht an Feen glauben und plötzlich einer aus Fleisch und Blut gegenüberstehen.

»Da hat jemand für dich angerufen«, sagte sie. Ihre Stimme klang höher als sonst, piepsig.

»Wann?«, fragte ich. Ich hatte es nicht klingeln hören.

»Jetzt gerade. Du hast es wahrscheinlich wegen dem Staubsauger nicht gehört. Und als ich dich gerufen hab, hast du nicht geantwortet, also hab ich gesagt, ich könnte dir was ausrichten.«

»Und?«, fragte ich. Warum guckte sie mich so komisch an? War schon wieder einer aus meiner Familie gestorben?

»Es war der Inhaber des Sportgeschäfts«, sagte sie mit weit aufgerissenen Augen. »Ich soll dir sagen, dass er dir die Fußbälle günstiger lässt.«

Parker

Parker schlich auf Zehenspitzen an Vs Zimmer vorbei.

Franks Stimme, die aus dem Zimmer kam, ließ ihn abrupt stehen bleiben. »V«, hörte er. »Du hast *ihre* Pflanze auch umgebracht.«

Parker presste sich an die Wand neben der Tür.

»Hab ich *nicht*!«, schrie V.

Parker spürte, wie ihm über und über heiß wurde. Die Luft kam ihm plötzlich so dick vor, dass er kaum atmen konnte.

»V«, sagte Frank drohend, »du hast so lange Hausarrest, bis du dich bei Lily entschuldigt hast.«

Parker stürmte durch den Flur in sein Zimmer und knallte die Tür hinter sich zu. Sein Shrek-Poster neigte sich nach links.

»Geht's vielleicht noch ein bisschen lauter?«, sagte Lily, die ausgestreckt auf ihrem Bett lag und an dem täglichen Schüttelrätsel knobelte.

Mit Tränen in den Augen verschwand Parker in seinem Einbauschrank und tat so, als ob er wild in den Comics herumsuchte. Auf keinen Fall durfte Lily ihn weinen sehen.

Im Flur klingelte das Telefon.

»Ich geh schon«, murmelte Lily.

Parker kam wieder aus dem Schrank heraus und warf sich aufs Bett. Mit einem Ruck zog er das Dinosaurier-Kopfkissen unter der Tagesdecke hervor, vergrub den Kopf darunter und versuchte nicht zu heulen.

Was soll ich bloß machen? Lily bringt mich um. Vor V hab ich Angst. Wie würde sie reagieren? Ob Eric mich dann nicht mehr leiden kann? Und Frank? Ich muss irgendwem erzählen, was ich getan hab. Nein. Das mach ich nicht. Lily kann eine neue Blume pflanzen. Etwa nicht? Es war ein Unfall! V kann sich ja nicht für immer und ewig einsperren lassen. Oder? Quatsch. Würde ich jedenfalls nicht. Ich würde mich entschuldigen. Selbst wenn ich's nicht war.

Aber ich war's.

Plötzlich musste er an Mr Fitch denken, seinen Lehrer in der Sonntagsschule, den sie Zucki nannten, weil er immer so ruckartige Bewegungen mit dem Kopf machte. »Ehrlich währt am längsten – auch wenn's wehtut«, predigte er immer. *Zuck. Zuck.* Der hat gut reden, dachte Parker, nahm das Kissen vom Kopf und drehte sich auf den Rücken. Er wischte sich mit dem Handrücken über die Augen.

Außerdem hab ich überhaupt nicht gelogen. Mich hat gar keiner gefragt.

Shrek hing schief an der Wand und lächelte ihn an.

»Was würdest du an meiner Stelle machen?«, fragte Parker das Monster.

Shrek gab keine Antwort.
Parker stand auf, nahm ein Papiertaschentuch aus Lilys Kleenex-Schachtel und putzte sich die Nase. Er schlich zur Tür um zu sehen, ob Lily zurückkam.
Eric lief vorbei und murmelte: »Mann, V. Hast du dich in eine Zicke verwandelt. Gut, dass ich wenigstens einen coolen Bruder hab.«
Ha!, dachte Parker, machte einen Schritt zurück ins Zimmer und grinste.
Dann erstarrte er.
Wenn Eric nun herausfand, dass er gar nicht cool war? Dass er ein Verbrecher war?

Eric

Tagebucheintrag # 176

Alle sollen hier glauben, wir sind eine nette, normale Familie. Homer Simpson

Tagebucheintrag # 177

Der alte Mann und das Meer ist unglaublich. Der Fischer kämpft gegen den gigantischen Fisch – einen Rekord-Marlin. Tagelang kämpft er gegen ihn. Allein. Aber er hätte den Jungen gern bei sich.

Der alte Mann hat seinen Stolz. Und der Fisch auch.

Und meine Familie verkracht sich wegen einer Blume.

Parker

»Kinder!«, rief Frank aus dem Flur. »Alle ins Wohnzimmer. Auf der Stelle.«

Oje, dachte Parker. Diesen unheilvollen Ton kannte er. Er wischte sich noch einmal mit den Fäusten über die Augen und fragte sich, ob sie wohl sehr rot waren. Hoffentlich nicht.

Als er ins Wohnzimmer kam, waren V und Lily schon da. V starrte Lily an, das Kinn vorgereckt, die Hände auf den Hüften, als würde ihr ganzer Körper rufen: *Ich hab's dir ja gesagt!* Lily saß noch geduckter da als Schneemann, wenn er dabei erwischt wurde, wie er einen Schuh zerkaute.

Aber als Frank hereinkam, schalteten sie ihre Körperhaltung beide wieder auf normal.

»Wer …« – Frank machte eine wirkungsvolle Pause – »… kommt mit ins Kino?«

Parker hielt den Kopf gesenkt. Dann durchzuckte es ihn. Ins Kino. Sie gingen ins Kino! *»Shrek 2!«,* kreischte er.

»Ich würde lieber *Troja* sehen«, sagte Eric.

»Wie wär's mit *Harry Potter*?«, schlug Mom vor.

»Wie wär's, wenn jeder in einen anderen Film geht?«, sagte Eric.

Parker sah, wie Frank Eric mit einem nicht ganz ernst gemeinten Du-bist-mir-auch-keine-Hilfe-Blick ansah.

Aber Eric biss die Zähne zusammen, als hätte Franks Blick gesagt: *Halt die Klappe, du Idiot.*

Lily und V standen stumm und unsichtbar da, vermutlich beide in der Hoffnung, dass niemand mehr an den Hausarrest dachte.

»V«, sagte Frank und wechselte einen merkwürdigen Blick mit Mom, »wir möchten, dass ihr zwei mitkommt, aber danach habt ihr wieder Hausarrest.« Er breitete die Arme aus. »Also! Wofür entscheiden wir uns?«

Parker schleuderte Eric die Faust entgegen und setzte zum Schnick-Schnack-Schnuck an.

»Stopp«, sagte Mom. »Was ist mit meinem Vorschlag?«

Parker und Eric nickten. »Dann machen wir's zu dritt.«

Mom schob ihre Hand in den Kreis. *Schnick, schnack, schnuck.*

Moms Faust endete als Stein. Erics und Parkers als Papier.

»Du bist draußen, Mom.«

Schnick, schnack, schnuck.

Diesmal hatte Parker den Stein und Eric eine Schere.

»Shrek 2, wir kommen!« Parker strahlte. Dann wurde er still und fragte: »Okay, Lily? Okay, V?«

Beide zuckten die Schultern und nickten.

Parker spürte, wie es ihm heiß den Nacken hochstieg. Wieso kamen sie nicht darüber hinweg? Sollte er jetzt für immer und ewig ein schlechtes Gewissen haben?

Als sie ins Kino gingen, benahmen sich Eric und V, als würden sie weder Mom noch Frank noch sonst jemanden kennen. Aber nach dem Film gingen alle zusammen raus und lächelten. Selbst Lily sah fröhlich aus.

Während des Films hatte es geregnet, aber jetzt war es wieder sonnig, und der nasse Parkplatz schien zu dampfen.

Kaum hatte Frank den Motor des Minivans gestartet, begann er alle abzufragen. »V«, fragte er aufgeräumt, »wen mochtest du in dem Film am liebsten?«

»Dad«, stöhnte V hinten im Wagen und sank tiefer in ihren Sitz.

»Den gestiefelten Kater«, sagte Eric.

»Hey! Ich auch«, sagte Lily, auf einmal ganz munter. Es schien sie zu überraschen, dass Eric und sie dieselbe Figur mochten.

»Ich auch«, sagte Parker. »Der war so witzig.«

»Und süß«, fügte Lily hinzu.

»Süß!«, platzte Eric heraus. »Das war ein Krimineller!«

»Was ist ein Krimineller?«, fragte Parker.

»Ein Verbrecher«, sagte Eric.

»Ein Versprecher?«, fragte Parker.

»Nein.« Eric kicherte. »Ein Verbrecher – mit b.«

»Ach so«, sagte Parker. Dann lachte er über sich selbst und sagte: »Versprecher, ha. Erics Lieblingsfigur ist ein Sprachfehler.«

Alle lachten.

Parker strahlte. Er genoss es, wenn die anderen ihn witzig fanden. Dann mischte Mom sich ein und sagte, ihr hätte Shrek am besten gefallen. Frank mochte den Esel am liebsten, und V behauptete, sie fände die abscheuliche gute Fee am besten. Vielleicht stimmte das sogar.

»Der riesige Lebkuchenmann war der Beste«, sagte Parker.

»Du hattest schon einen gesagt.« Lily stieß ihn mit dem Ellbogen in die Seite.

Parker ließ sich in seinen Sitz zurücksinken. Er freute sich darüber, dass sie endlich mal wieder meckerte.

»Ja«, sagte Eric. »Er wurde seit dem letzten Film geheilt – von der Hefezellenforschung.«

Frank warf den Kopf zurück und lachte. »Den Spruch hab ich verpasst.«

Parker verkündete: »Den Lebkuchenmann kann keiner fangen.«

»Na gut«, sagte Frank, der immer noch leise lachte. Man merkte, dass die Unterhaltung ganz nach seinem Geschmack war. »Wer weiß, was uns das Ganze sagen sollte?«

»Dad«, stöhnte V wieder.

»Na ja.« Mom räusperte sich. »Shrek und Prinzessin Fiona lieben sich – ob hübsch oder hässlich. Der Film handelt also von Beziehungen und der Güte in den Herzen der Menschen …«

»Mom«, stöhnte Lily.

Yippie!, dachte Parker. Er freute sich, dass die alte Lily wieder zum Vorschein kam. Allerdings hätte er es besser gefunden, wenn Shrek und Fiona schön geblieben wären. Vielleicht wäre das nicht der beste Schluss gewesen, aber ihm hätte er gefallen.

»Na kommt schon«, sagte Frank und versuchte, ein dämliches Grinsen zu verbergen. »Der Film handelt von einem besorgten Vater, der seine Tochter nicht mit einem großen grünen Sumpfmonster verheiraten will. Wer kann es ihm verdenken?«

»Frank«, seufzte Mom. Über die Schaltung hinweg knuffte sie ihm in den Arm.

Eric beugte sich vor, strich sich wie ein verhindertes Genie über die Stoppeln am Kinn und sagte: »Der Film handelt von einem alternden Paar, das sich unnötige Sorgen um seine Kinder macht.«

»Alternd?«, rief Frank mit gespieltem Zorn. »Was fällt dir ein?«

»Ich fand es romantisch«, sagte Lily.

»So was wie den Traumprinzen gibt es nicht«, verkündete V.

»Haben wir denselben Film gesehen?«, rief Mom.

»V hat Recht«, sagte Lily, aber dann verschränkte sie die Arme und warf sich zurück in den Sitz. »Aber es kann *trotzdem* romantisch sein.«

Ja!, jubelte Parker insgeheim. Obwohl er diese Art, so einen tollen Film zu betrachten, reichlich blöd fand, war er begeistert, dass Lily mal wieder ein knallhartes Statement abließ.

Und was sollte der Film *seiner* Meinung nach aussagen? Er starrte aus dem Fenster, als sie in ihre Straße einbogen. Eine Frau in kurzer Trainingshose ging mit schnellen Schritten und heftigen Armbewegungen auf dem nassen Gehweg. Ein Windstoß bauschte ihr T-Shirt am Rücken auf.

Der Himmel war jetzt wieder bewölkt und dunkel. Als würde es schon wieder einen Sturm geben. Parker schaute zu den hohen Eichen hinauf, die die Straße säumten, und kam sich klein vor. Er war sich ziemlich sicher, dass der Film sagen wollte: Ob man nun groß oder klein war, man musste das Richtige tun.
Er war froh, dass ihn keiner gefragt hatte.

Lily

Ich liege im Bett, das Licht ist aus und ich versuche dahinterzukommen, was heute passiert ist. Warum fühle ich mich wieder mehr wie ich selbst – wenn auch nur ein bisschen?

Ich denke an das Kartenspiel mit den roten und blauen Luftballons drauf, mit dem Parker und ich immer gespielt haben. Ich war eine der Karten ganz oben. Dann – schwups – hat jemand die Karten gemischt, und ich bin ganz weit unten gelandet, meilenweit unter V – der Kreuzdame. Knapp über Parker, einer wackelpuddingverschmierten Pikdrei.

Ich glaube, die Metapher funktioniert, aber da muss ich Eric fragen. Er findet den gestiefelten Kater in *Shrek 2* auch cool, also ist er vielleicht doch nicht so unheimlich, wie er aussieht.

Ich weiß, dass ich nie wieder die Älteste sein werde. Und das ist auch nicht schlimm. Aber ich werde nicht für immer und ewig am Boden hocken bleiben.

Ich starre an die Decke und fasse einige Vorsätze.

Erstens wird es Zeit, dass die Karten neu gemischt werden.

Zweitens muss mal jemand V ordentlich den Kopf zurechtrücken.

Na gut, was die Fußbälle angeht, hat sie nicht gelogen. Das war die Überraschung des Monats. Bei näherer Betrachtung passt das zu der guten Schwester, die mir Sonnenblumensamen gekauft, mit mir Barbies gespielt und mich überredet hat, mir die Beine zu rasieren.

Aber was die Sonnenblume angeht, lügt sie – und das passt zu der bösen Schwester, die mich bei jeder Gelegenheit verbessert und die mich vor Jessica bloßgestellt hat.

Ich sehe die Sache so: Ich hab mich dreimal bei ihr entschuldigt. Zweimal dafür, dass ich ihre Pflanzen gekillt habe. Und einmal dafür, dass ich ihr die Fußballgeschichte nicht geglaubt habe.

»V«, hab ich gesagt, »es tut mir echt Leid. Du hast das Geld also wirklich für die irakischen Kinder gesammelt. Ist es zu spät, um neue Tomaten zu pflanzen? Ich bezahle dir auch den Samen. Und ich helfe dir beim Säen.«

»Wie kann man nur so blöd sein?«, sagte sie höhnisch, die Hände in die Seiten gestemmt. »Natürlich ist es zu spät. Du hast wohl überhaupt keine Ahnung!«

Es ist ungerecht, dass sie selbst in so einer Situation gut aussieht. In dem Moment kam Parker ins Zimmer geschlichen. Er versuchte, seine roten Augen zu verbergen. Was hat V ihm wohl getan? Und wieso ist er in letzter Zeit so still und gar nicht parkermäßig?

Dann verkündete Frank, dass wir in großer Friedensmission alle zusammen ins Kino gehen würden. Er und Mom halten sich für oberschlau.

Also echt. Wir sind doch nicht blöd.

Jedenfalls steht es in puncto Entschuldigungen 3 zu 0 für mich. Ich hab nicht gezählt, was V mir alles angetan hat, aber wenn ich eine Zahl nennen sollte, würde ich schätzen, sie schuldet mir um die 736-mal *Entschuldigung*, den Sonnenblumenmord nicht mitgerechnet.

Ich drehe mich auf die Seite und lausche. Parker im Bett neben mir wirft sich murmelnd herum, offenbar hat er einen schlimmen Albtraum.

»Es ist alles gut«, sage ich in die Dunkelheit.

Aber es ist nicht alles gut, denn er hört nicht auf, sich herumzuwerfen und zu murmeln, und er wacht auch nicht auf.

Vorm Schlafengehen hab ich versucht ihn zum Spielen zu überreden – Rommé, Du lügst, Mau-Mau –, um ihm seine Probleme aus der Nase zu ziehen und ihm zu helfen.

»Nein danke«, sagte er.

Das überraschte mich nicht besonders. Seit er Eric zum Lieblingsbruder erkoren hat, haben wir nicht mehr zusammen Karten gespielt.

»Was ist denn los?«, fragte ich, als er ins Bett ging.

»Nichts.«

Ich hatte meinen Schlafanzug noch nicht angezogen, da hatte er schon nach oben gefasst und das Licht ausgeschaltet.

»Parker«, sagte ich und knipste das Licht wieder an. »Weshalb hast du heute Nachmittag geweint?«

»Ich hab nicht geweint!«, rief er und zog sich das Kissen über den Kopf.

Und jetzt höre ich, wie er im Schlaf vermutlich von einem Tyrannosaurus Rex angegriffen wird. Kein Wunder, wenn man auf einem Kopfkissen voller Dinosaurier mit zahllosen spitzen Zähnen schläft.

»Parker!«, rufe ich. »Wach auf! Es ist alles gut!«

Er schnaubt und brabbelt vor sich hin. Ich höre, wie er sich aufsetzt. »Wa…? Oh, danke, Lily.« Dann kuschelt er sich wieder in seine Decke und schläft friedlich weiter.

Diese Tageszeit mag ich am liebsten. Wenn ich das Gefühl habe, dass ich allein bin und das Zimmer mir gehört.

Ab morgen werden die Karten neu gemischt.

Ich werde Vs Fußballplan wieder auferstehen lassen. Ob es ihr passt oder nicht.

V

»Wahnsinn!«, rief Mary Beth aus der Küche. »Wer hat denn meinen Schrank aufgeräumt?«

Ich lag zusammengerollt auf dem Sofa im Wohnzimmer und lächelte vor mich hin. Endlich. Die Erleuchtung. Mary Beth macht die Augen auf und sieht, dass mit der Heirat eine intelligente dreizehnjährige Tochter in ihr Leben getreten ist.

»Das war ich«, sagte ich so beiläufig, wie es unter den Umständen möglich war.

Mary Beth erschien in der Türöffnung. »Hast *du* das wirklich gemacht?«

Vielleicht tue ich ihr auch Unrecht und sie hat gesagt: »Hast du das *wirklich* gemacht?«

Aber ich würde jede Wette eingehen, dass es das Erste war.

Gleich würde ihr auffallen, dass das Wohnzimmer geputzt und gesaugt war.

»V«, sagte sie herzlich, »vielen, vielen Dank. Stell dir vor« – sie drehte sich um und ging wieder in die Küche –, »jetzt kann ich eine Pfanne rausholen, ohne eine Lawine auszulösen.«

Schweigen. Dann hörte ich das Geräusch zischender Frikadellen, und kurz darauf roch ich sie auch.

Ich war halb froh, halb unzufrieden. »Ist dir im Wohnzimmer nichts aufgefallen?«, rief ich in die Küche.
»Was ist, Schatz? Ich kann grad nichts hören wegen der Frikadellen.«
»Das *Wohnzimmer*!«, rief ich.
»Was ist immer?«, rief sie zurück.
Ich seufzte, hievte mich vom Sofa und schlenderte in die Küche. »Ich hab im Wohnzimmer Staub gewischt und gesaugt«, sagte ich.
Mary Beth drehte eine zischende Frikadelle um, ließ den Pfannenwender sinken und starrte mich durch die Haarsträhnen hindurch an. Sie strich sie mit dem Handrücken zurück und sagte: »Du hast *was* gemacht?«
Betonung eindeutig auf *was*.
»Geht's dir auch gut?«, fragte sie ohne jeden Versuch, ihre Verblüffung zu verbergen. Hatten Parker und Lily hier noch nie einen Finger gerührt – außer ihr Bett zu machen und mal einen Papierkorb zu leeren? Die sind doch keine Babys.
Oder?
»Kriegst du Besuch?«, fragte sie, als wäre das die einzig logische Erklärung.
»Nein«, sagte ich. »Ich helfe nur gern. Ich hab Dad auch immer viel geholfen, weißt du.«
Sie sah mich an, das war ihr wohl neu. Sie legte den Kopf schief. Ja! Ich hatte ihre Aufmerksamkeit. Endlich.

»Was gibt's heute Abend zu essen?«, fragte ich.
»Hamburger und Käseomelette«, sagte sie, während sie langsam noch eine heiße Frikadelle wendete. Ich beobachtete, wie die Erkenntnis, dass V auch nützlich sein konnte, in ihren bornierten Schädel drang.
»Haben wir Blaubeeren?«, fragte ich.
Sie guckte mich an, als hätte ich etwas völlig Abwegiges gesagt, zum Beispiel *Haben wir ägyptische Granatäpfel?*
»Keine frischen«, sagte sie. »Nur ein paar tiefgefrorene. Ich kann aber welche holen.«
»Nein!«, rief ich. Dann leiser: »Tiefgefrorene gehen auch. Ich mache den Nachtisch. Okay?«
Sie sah mich mit demselben Blick an wie Lily gestern. Mit weit aufgerissenen Augen starrte sie die Fee an, an die niemand glaubte. Da war sie. Es gab sie wirklich.
Mich.

Parker

»Es hat nichts mit dir zu tun, Parker«, sagte Lily. »Das ist eine Sache zwischen V und mir. Wir kriegen das schon hin. Bestimmt. Mach dir also bloß keine Gedanken.«

Aber er machte sich Gedanken – weil es sehr wohl mit ihm zu tun hatte. Aber das würde er nicht zugeben. Nie im Leben. Er konnte einfach nicht.

Letzte Nacht hatte er geträumt, er wäre die Zielscheibe in einer Art Völkerballspiel und es gab keine Möglichkeit auszuweichen. Er balancierte auf dem Gipfel des Kieshügels am Ende ihrer Straße, während Eric, Mom, Lily, V und Frank ihn mit Bällen bewarfen.

Zack! Der erste Ball traf ihn an der Hand und die Hand fiel ab. Zosch! Volltreffer ans Bein – es brach überm Knie ab und kullerte blutleer den Hügel hinunter. Wumm! Jetzt hatte es seinen Kopf erwischt.

Alle seine Körperteile wuchsen wieder nach, immer schneller, nur um wieder abgeschossen zu werden. Immer und immer wieder.

Aufhören! Nicht!, versuchte er im Schlaf zu rufen, aber es kamen keine richtigen Wörter heraus, nur wirre Lautfetzen.

Er wusste noch, dass Lily ihn geweckt und beruhigt hatte, dass sie gesagt hatte, es sei alles gut.
Wenn es nur wahr wäre.
Wenn sie das nächste Mal mit ihm Karten spielen wollte, würde er ja sagen.

Lily

Ich klopfe bei Eric an die Tür.

»Lasst alle Hoffnung fahren, die ihr eintretet«, antwortet er. Er ist so abgedreht.

»Lily«, sagt er und schaut aus einem dünnen blauen Buch auf. Er sitzt auf dem Bett, ein Kopfkissen im Rücken, die Knie ragen auf wie Spitzberge.

Hört sich an, als wäre er überrascht. Da sind wir schon zwei, denn ich bin auch überrascht, hier zu sein.

Ich schaue mich in seinem Zimmer um und wundere mich, wie viel kahler es hier ist als bei Parker und mir. Unser Zimmer ist voll gestopft mit Krempel. Eric hat überhaupt nichts. Ein Regal mit alten zerlesenen Büchern. Einen Schreibtisch. Einen Laptop mit einem Totenkopf-Aufkleber obendrauf. Stinkende Turnschuhe liegen auf dem Boden, daneben drei Socken. Die Socken passen alle nicht zusammen – abgesehen davon, dass sie alle dreckig sind. Beige Bettwäsche – schwarze hat er wohl nicht gefunden. Keine Tagesdecke. Keine Poster.

Als ob er nicht vorhätte, länger als eine Nacht zu bleiben.

»Was gibt's?«, fragt er.

Ich kriege Panik. Ich bin nicht richtig vorbereitet. Womit soll ich anfangen?

Ich hab eine Idee, ich will Fußbälle in den Irak schicken? Ich hab eine Idee, wie ich das mit ich Vs Tomaten wieder gutmachen kann? Ich hab eine Idee, weil es höchste Zeit ist, mal wieder Ideen zu haben?
»Du musst mir helfen«, sage ich.
»Ich?« Ich schwöre, dass er sich im Zimmer umschaut, ob da noch jemand ist, den ich meinen könnte.
»Soll ich einen neuen Namen für deine Katze finden?«, fragt er.
»Hä?« Spinnt der? Aber er grinst, also soll es wohl ein Witz sein. Jetzt fällt mir zum ersten Mal auf, dass Eric auch so was Filmstarmäßiges im Gesicht hat wie V. Er sollte öfter lächeln.
»Deine Katze. Du weißt schon – Bubbles.« Er zuckt die Schultern und schüttelt langsam den Kopf. »Der Name ist genauso blöd wie Schneemann.«
Ich fange sofort an mich zu verteidigen und frage: »Was ist denn gegen Bubbles zu sagen?«, obwohl ich das genau weiß. Den Namen wollte ich schon hundertmal rückgängig machen. Vor hunderttausend Jahren habe ich sie nach einem Powerpuff-Girl benannt – als ich noch auf so was stand.
Er schaut mich an, ohne den Kopf zu heben.
»Na gut«, gebe ich zu. »Es ist ein dämlicher Name, ich weiß. Und er passt nicht zu ihr. Aber was ist an Schneemann so verkehrt? Er ist weiß, er ist rund und er ist männlich.«
»So einen Namen kann sich nur ein kleines Kind ausdenken.«
Eric legt das Buch aufs Bett, reckt die knöchrigen Ellbogen nach oben und gähnt. »Phantasielos.«

»Als du ihm den Namen gegeben hast, warst du ja auch noch ein kleines Kind«, sage ich.

Er lässt die Arme sinken und sieht mich mit einem merkwürdigen Blick an. Ich frage mich, ob er gern noch ein kleines Kind wäre. Sein Vater erwartet manchmal ganz schön viel von ihm.

Moment mal!, denke ich und sehe ihn vor mir, wie er mit Parker auf dem Boden liegt und mit kleinen Laserpistolen auf Darth Vader und den Unglaublichen Hulk schießt. *Möchte* er jünger sein?

Vielleicht. Vielleicht aber auch nicht.

Immerhin liest er Bücher, die College-Niveau haben.

Ich spiele zwar manchmal noch mit Puppen, aber das heißt nicht, dass ich nicht gern wieder die Älteste wäre.

Verrückt – wir wären beide gern das Gegenteil von dem, was wir sind.

Dann denke ich daran, dass wir beide unseren Tieren alberne Babynamen gegeben haben und dass wir sie beide gern ändern würden.

Was haben wir sonst noch gemeinsam?

Ich denke noch mal über die einfallslosen Namen nach.

»Weißt du, wir können sie nicht umbenennen. Wenn wir das tun würden, wären sie nicht mehr dieselben.«

»Stimmt«, sagt er müde, dann schaut er auf und sieht mich mit einem eindeutig anerkennenden Blick an. »Da hast du Recht.«

Eric

Tagebucheintrag # 178

Der alte Mann kämpft mit dem Fisch. Immer noch. Er ist müde, überraschend stark und einsam.

Heute ist Lily plötzlich in meinem Zimmer aufgetaucht. Wann hat sie das zum letzten Mal gemacht? Als wir eingezogen sind? Als ich ihr erklärt hab, was eine Metapher ist? Kein Wunder, dass sie nie wieder gekommen ist.

Jetzt soll ich ihr bei einem Projekt helfen – V wollte Fußbälle in den Irak schicken.

Wer hätte gedacht, dass meine Schwester so cool sein könnte? Eigentlich wusste ich das, aber in letzter Zeit hatte ich es vergessen. In letzter Zeit war sie Giftmüll.

Lily will in den nächsten vier Monaten Blechdosen sammeln – bis ich meinen Führerschein hab. Dann bringen wir sie zum Wertstoffhof und bekommen dafür Geld.

Ich hab gesagt, meinetwegen, aber ich bezweifle, dass sie genügend Dosen zusammenkriegt, um einen Tischtennisball zu kaufen, geschweige denn einen Fußball. Sie kann nirgendwo hinfahren, und in unserem Viertel liegen ungefähr so viele Blechdosen rum wie auf der Veranda des Weißen Hauses.

Will sie V damit eine Freude machen? Oder will sie ihr ein

schlechtes Gewissen machen, weil sie sich nicht entschuldigt hat?
Nein, dafür wirkt sie zu straight.
Soll ich mich da lieber raushalten? Oder soll ich ihr helfen, eine bessere Idee zu entwickeln?
Meint Dad so was, wenn er sagt, ich soll ein Vorbild sein?

Parker

Eric hatte die Idee des Jahrhunderts – ein Schnick-Schnack-Schnuck-Turnier. Parker konnte es gar nicht erwarten.

Erstens würde es wahnsinnig viel Spaß machen.

Zweitens würde Lilys Sonnenblume darüber in Vergessenheit geraten.

Eric hatte die Aufgabe, die Preise zu besorgen. Lily war für die Werbung zuständig, weil sie gut mit Sprache umgehen kann, auch wenn sie das nicht glaubt. V sollte sich um den ganzen Zahlenkram kümmern und ausrechnen, wie viel sie für die Preise ausgeben konnten, wenn trotzdem noch genug für die Fußbälle übrig bleiben sollte. Allerdings hatte sie bis jetzt noch keine Lust.

»Das soll wohl ein Witz sein«, hatte sie gesagt und unbeirrt Eier in eine große Rührschüssel geschlagen. Gestern hatte sie den besten Blaubeerkuchen gebacken, den Parker je gegessen hatte. Alle, sogar Lily, hatten gesagt, damit könnte sie mühelos jeden Backwettbewerb gewinnen.

Er war gespannt, was sie als Nächstes backen würde. Mit leckeren Kuchen konnte man mehr anfangen als mit Zahlensalat für ein Turnier. Trotzdem war er enttäuscht, dass sie nicht mehr

Begeisterung zeigte. Schließlich war das mit den Fußbällen ursprünglich ihre Idee gewesen.
Parker sollte für Erfrischungen sorgen.
»Du weißt schon«, sagte Eric. »Mach Limonade oder so.«
Aber Parker wusste was Besseres. Er würde für sein Leben gern Papa Buds Vorschlag umsetzen. Zikaden. Wenig Kalorien, null Kohlenhydrate.

V

Jetzt ist Eric endgültig durchgeknallt. Ein Schnick-Schnack-Schnuck-Turnier. Um Geld für *meine* Fußbälle zu sammeln.

Wer soll da aufkreuzen? Eric hat keine Freunde. Lily hat vielleicht zwei Freundinnen. Parker hat viele Freunde, aber die haben alle keine Kohle.

Es ist ein Witz.

Die Fußbälle kratzten mich inzwischen schon gar nicht mehr. Und es war mir auch egal, dass ich Hausarrest hatte. Ich hatte was Besseres zu tun.

Gestern hab ich Blaubeerkuchen gebacken und Mary Beth war hin und weg. Sie hat gefragt, was ich sonst noch kochen könnte.

»Ich hab ein geniales Rezept für Fudge«, sagte ich. »Haben wir Schokolade und gesüßte Kondensmilch?«

Mary Beth schaute im Vorratsschrank nach und förderte eine halbe Tafel Schokolade zutage, die völlig hinüber war. An einer Ecke sah sie schon aus wie Kreide. »Mehr ist nicht da«, sagte sie. »Und Kondensmilch haben wir auch keine mehr. Ich fahre schnell zum Laden.«

»Ich komme mit«, sagte ich.

Schon wieder dieser Blick. Überrascht. Verwirrt. Als würde sie mich zum ersten Mal bemerken. Wie lange würde sie noch brauchen, bis sie es raffte?

Im Auto sagte ich ihr, dass ich ihr gern ein bisschen Hausarbeit abnehmen würde. Dass es mir nichts ausmacht. »Staub saugen tu ich lieber als Staub wischen. Und meine Spezialität ist Schränke aufräumen.«

»V«, sagte sie und krallte sich am Lenkrad fest, als wäre es ein Rettungsring. »Ich weiß deine Hilfe zu schätzen. Ganz bestimmt, aber …«

An der Kreuzung Sharon Road hielt sie an und schaute so oft nach links und rechts, dass ich dachte, gleich schlagen wir Wurzeln.

»Mary Beth.« Ich rüttelte sie aus dem Koma, in das sie gefallen war. »Da kommt keiner.«

»Ah ja.« Sie zuckte zusammen. Sie schaute noch einmal nach links und rechts und bog dann rechts ab.

»Ich weiß nicht, wie ich es sagen soll«, sagte sie leise.

»Was denn?« Hatte sie so was wie eine Krankheit, die sie dazu zwang, *alles* allein zu machen – ohne jede Hilfe? Oder dachte sie, ich würde ihre Möbel mit meiner Todesharke zerstören?

»Schatz«, sagte sie.

»Ja?«, sagte ich. Spuck's schon aus, egal was es ist.

»Du versuchst dich doch nicht aus dem Hausarrest rauszumogeln, oder?«

Hätte ich am Steuer gesessen, wäre ich auf die Bremse gestiegen, raus aus dem Wagen und zu Fuß nach Hause.
»Nein«, sagte ich kurz angebunden. Was hatte die bloß? Ich wollte doch nur das tun, was ich immer getan hatte – Dad im Haus helfen. Hatte ich ihr das nicht gesagt? Sollte ich es ihr noch mal sagen?
»Mary Beth«, sagte ich und versuchte, nicht die Zähne zusammenzubeißen. »Ich weiß, dass der Hausarrest nur aufgehoben wird, wenn ich mich bei Lily entschuldige.«
Sie wandte sich zu mir, in ihren Augen lag ein warmer Glanz. O nein. Dachte sie etwa, das sollte heißen, dass ich mich *tatsächlich* bei Lily entschuldigen würde? Für etwas, das ich gar nicht getan hatte?
»Ich mach mich einfach gern nützlich, verstehst du?«
Sie nickte wenig überzeugend und fuhr auf den Parkplatz.
Im Supermarkt war ich so hilfsbereit, dass es schon preiswürdig war. Ich übernahm die Hälfte des Einkaufszettels, und als wir uns wieder trafen, war ich schon fertig, während sie ihren Einkaufswagen gerade erst in die Gänge bugsiert hatte.
»V«, sagte sie. »Was ich vorhin im Auto gesagt habe, tut mir Leid.« Sie berührte mich am Arm und lächelte.
Immerhin ein Anfang.

Lily

Eric hat meine Blechdosen-Idee in die Tonne getreten und V schleimt sich bei Mom ein. Garantiert denkt sie, wenn sie sich mit ihr anfreundet, wird ihr der Hausarrest gestrichen, ohne dass sie sich bei mir entschuldigen muss.

Ha! Auf so was würde Mom nie reinfallen.

Egal, ich bin drüber weg. Ich hab die Überreste meiner Sonnenblume ausgerissen. Frank meinte, der kaputte Stiel könnte sich vielleicht erholen und einen neuen Trieb bilden.

»Wunder«, sagte ich, »gibt's nicht mehr.« In der Sonntagsschule habe ich eine ganze Menge über Wunder gelernt, aber mir fällt kein einziges ein, das in letzter Zeit passiert wäre. Ich glaube, die Welt hat diese Ära bis auf weiteres hinter sich gelassen.

Außerdem macht es mich zu traurig, die Sonnenblume so zu sehen.

Meine Blechdosen-Idee ist auch gestorben, aber das ist nicht so schlimm. Erics Idee ist nämlich noch besser. Ein Schnick-Schnack-Schnuck-Turnier.

Und ich mache die Werbung. Jetzt brauche ich als Erstes einen guten Namen für das Turnier. *Wie die Faust aufs Auge* vielleicht oder *Wer hat die Hände im Spiel?*. Wie wär's mit *Hände hoch! Geld oder Fußball*?

Das Beste daran ist, dass Parker, Eric und ich es zusammen machen. Wenn V die Spielverderberin sein will, ist das ihr Problem. Wenn mir bloß irgendwas einfallen würde, wie ich das Ganze als Projekt für Naturkunde drehen kann.

Vielleicht könnte ich mir eine Stoppuhr besorgen und die Reflexe der Mitspieler messen. Wer hat die schnellsten Hände – Männer oder Frauen, junge oder alte Leute, dicke oder dünne? Oder Arm gegen Reich, Schlau gegen Blöd, Echt gegen Fake. Wie wär's mit Leuten, die das Eigentum anderer zerstören und sich dafür entschuldigen, im Vergleich zu Leuten, die das nicht tun?

Wenn man Eric glauben darf, ist Schnick-Schnack-Schnuck wirklich eine Wissenschaft. Es gibt sogar eine weltweite Vereinigung, die 1842 in London gegründet wurde. Sie haben Regeln, Strategien, ihre eigene Zeitschrift und einen Verhaltenskodex für die Spieler. Im Ernst. Die haben sogar Trainer.

Eric hat schon das originale Schnick-Schnack-Schnuck-T-Shirt bestellt, das der Gewinner des Wettbewerbs bekommt. Die Sieger der Einzelwettkämpfe bekommen jeweils einen Aufkleber.

Den Eintrittspreis haben wir noch nicht festgesetzt. Den müsste V ausrechnen und die will nicht. Ich bin in Mathe eine Niete, und Parker ist gerade mal bei den zweistelligen Zahlen

angelangt. Eric könnte es machen, aber ich glaube, er wartet ab, ob V es sich nicht doch noch anders überlegt.
Jetzt hat er schon mal die Preise für die Gewinner bestellt, weil es zwei Wochen dauert, bis sie geliefert werden, und wir den Wettbewerb starten müssen, bevor die Schule aus ist, wenn da irgendwer auftauchen soll.
An meiner Tür hängt ein Zettel mit Erics Schrift.
SSS-Treffen JETZT in meinem Zimmer.
Als ich reinkomme, sind Eric und Parker schon total heiß.
»Ihr glaubt ja gar nicht, wie viele Leute in meiner Klasse schon in die Website reingeguckt haben. Die löchern mich die ganze Zeit. Die sind richtig scharf drauf.« Eric zieht mich ins Zimmer. »Kannst du Aushänge fürs schwarze Brett machen?«
»Klar«, sage ich. »Die hab ich morgen fertig. Und dann noch welche, die wir an die Telefonmasten im Viertel heften können. Was ist mit dem Supermarkt?«
»Ja, gute Idee«, sagt Eric. »Warum nicht?«
Ich mache Vorschläge für einen Namen. Eric findet *Wie die Faust aufs Auge* gut. Parker ist für *Wer hat die Hände im Spiel?*. Ich neige zu *Hände hoch! Geld oder Fußball.*
Wir grinsen uns an und strecken die Arme aus.
Schnick, schnack, schnuck.
Meine Schere wird sofort von zwei Steinen geschliffen.
Eric nimmt seinen Gegner ins Visier, zieht dreimal die Augenbrauen hoch und sagt zu Parker: »Ich habe die mystische

SSS-Schule absolviert. Eine Kraft in meinem Innern verrät mir, wofür du dich als Nächstes entscheidest.«

»Sollen wir wetten?«, spottet Parker.

Schnick, schnack, schnuck.

Zwei Steine. Unentschieden.

»Wie war das mit der Kraft in deinem Innern?«, höhnt Parker.

»Ich will dich ja nur in Sicherheit wiegen«, gibt Eric zurück.

Sie werfen die Fäuste hoch in die Luft und lassen sie langsam sinken. Sie stellen sich auf wie zwei Revolverhelden um zwölf Uhr mittags.

Schnick, schnack, schnuck.

Erics Papier wickelt Parkers Stein ein.

»Hab ich's dir nicht gesagt!«, ruft Eric triumphierend.

»Aaah«, stöhnt Parker. »Das war reines Glück.«

»Keine Spur«, sagt Eric. »Immer wenn du einen Stein wirfst, blinzelst du vorher zweimal. War mir direkt klar, dass das eine Lawine wird!«

»Eine *Lawine*?«, sagen Parker und ich gleichzeitig.

»Drei Steine hintereinander«, erklärt Eric.

»Wow!«, sage ich. »Wo hast du das denn gelernt?«

Eric tippt auf seinen Computer. »Da findet man alles.«

»Cool«, sagt Parker. »Was denn noch?«

»Noch mehr Gambits. So nennt man eine Folge von drei Würfen. Die haben alle Namen – wie Lawine. Papier, Schere, Papier nennt man zum Beispiel Scheren-Sandwich.«

»Warte«, sage ich. »Das muss ich mir aufschreiben. Für meine Anzeigen.«

»Viel zu viele Infos«, sagt Eric. »Verweis einfach auf die Website.«

»Gute Idee.«

»Warte erst mal, bis du hörst, was ich für Erfrischungen hab«, sagt Parker. »Damit nehmen wir mehr Geld ein als mit dem Turnier.«

»Mit Limonade?«, frage ich.

»Nein!«, ruft er. »Zikaden!«

»Süß«, sagt Eric.

»Mit Schokoüberzug, frittiert oder als kleine schwarze Streusel über Eis.« Parker grinst so breit, dass man alle seine neuen Zähne sieht.

Zikaden? Bitte sag, dass das nur ein Scherz ist.

Eric schlägt Parker ab. »Das ist galaktisch, Matscho!«

Okay, denke ich. Warum nicht? Seine Freunde würden das Zeug sogar essen.

Da hab ich eine noch bessere Idee.

»Ich weiß was!«, rufe ich. »Wir kaufen weiche Brötchen, stecken Zikaden rein und nennen die Dinger gegrillte Brötchen.«

»Du willst sie grillen?« Eric guckt mich mit schief gelegtem Kopf an.

»Nicht grillen mit Holzkohle«, sage ich. »Grillen wie Zikaden. Capito?«

Eric haut mir anerkennend auf die Schulter.
Jetzt hat es sogar Parker gerafft. »Genial, Lily«, sagt er.
»Wir könnten sie auch in kleine Kuchen stecken«, sagt Eric.
»Voll krass!«, ruft Parker und hüpft auf und ab. »In Twinkies!«
»Perfekt!«, rufe ich. Dann hab ich die zweite Superidee. »Hey! Daraus könnte man ja echt ein Naturkundeprojekt machen!«
Eric sagt eine Weile nichts und denkt nach. Dann grinst er. »Du könntest es ›Die verdauungsfördernde Wirkung geflügelter Insekten auf den Magen-Darm-Trakt des Menschen‹ nennen.«
»Hä?« Parker hört plötzlich auf zu hüpfen und starrt Eric an.
»Krabbelkäfer contra Blähbäuche«, erklärt Eric, prustet los und boxt in die Luft.
»Cool«, ruft Parker und hüpft wieder fröhlich auf der Stelle. »Oder Eiweiß-Twinkies!«, ruft er.
»Eiweiß-Twinkies – gesund oder gefährlich?«, brülle ich.
Wir sind so aufgedreht, dass wir abheben könnten.

Eric

Tagebucheintrag #179

Gambits:

Lawine = Stein, Stein, Stein
Bürokrat = Papier, Papier, Papier
Werkzeugkasten = Schere, Schere, Schere
Anziehpuppen = Papier, Schere, Schere
Faust voll Dollars = Stein, Papier, Papier
Crescendo = Papier, Schere, Stein
Scheren-Sandwich = Papier, Schere, Papier

Stein: der aggressivste Wurf. Muss man sich als Waffe vorstellen. Manche Spieler greifen dazu, wenn sie dabei sind, zu verlieren.

Schere: ein kluger Wurf. Muss man sich als Werkzeug denken. Dient der Kunst und dem Handwerk. Ein geschickter Zug, zu dem selbstsichere Spieler greifen. Kann aber auch aggressiv verstanden werden. Scharfes Nachdenken als Waffe.

Papier: der subtilste Wurf. Bedeutet für manche Spieler, dass man sich ergibt – die ausgestreckte Hand. Andere assoziieren

Papier mit Schreiben und der Macht des gedruckten Wortes. Man muss den Gegner richtig einschätzen. Ist Papier für ihn schwach oder stark?

Verzögerungstaktik: Man zeigt den Wurf mit leichter Verspätung. Der Gegner, der die Hand beobachtet, soll denken, man würde sich für den Stein entscheiden.

Vortäuschen: Man tut so, als würde man sich für einen Wurf entscheiden und schwenkt dann im letzten Moment um. Achtung: sehr riskant; möglicherweise entscheidet der Schiedsrichter, dass der Wechsel zu spät kam. Sicherer ist es, erst mit den Fingern zu zucken und dann einen Stein zu werfen.

Verräterische Zeichen: Man denke an das Pokerface. Hände, Gesicht und Gesten verraten den nächsten Zug des Gegners. Ein Trainer kann beim Beobachten helfen.

Falsche Zeichen: Man führt den Gegner mit Gesichtsausdruck, Gestik etc. in die Irre.

Wichtig:
Man sollte SSS niemals unüberlegt für lebenswichtige Entscheidungen einsetzen. – Regel 6 des weltweiten SSS-Spieler-Kodex.

Parker

Konnte man das SSS-Turnier noch verbessern?

Ja.

Frank würde den Schiedsrichter machen. Mom ließ sich für einen Dollar pro Nase als Trainerin verpflichten.

Sie hatten schon zweiunddreißig Dollar Eintrittsgeld eingenommen und die Sache verbreitete sich schneller als die Grippe.

Wenn jetzt noch V mitmachen würde, dachte Parker.

Lily

»Das wird toll«, sagt Cassie, während sie einen der SSS-Aushänge an die Tür eines Schließfachs klebt.

»Ja«, sage ich. Ich bin stolz darauf, wie gut alles klappt.

»Und Erics Freunde kommen auch alle!«, ruft sie. »Wen findest du niedlicher, Will oder Jason?«

Ihre Frage haut mich um. Aus zwei Gründen.

Erstens haben die Jungs aus der Zehn mich bisher immer nur eingeschüchtert.

Und zweitens hat sie Recht. Eric hat tatsächlich Freunde. Viele sogar. Zehnmal am Tag kommen sie bei uns vorbei. Sie fragen Eric nach SSS-Strategien, sie fragen, wo sie Tickets kaufen können und ob wir wirklich Insekten essen wollen.

SSS ist bei den Jungs neuerdings total angesagt – in den Jahrgangsstufen neun bis zwölf. Die Mädchen tun sich etwas schwerer, aber es ist nicht hoffnungslos. Gestern hab ich tatsächlich gesehen, wie der Star der Mädchen hinter der Turnhalle mit zwei Freundinnen SSS gespielt hat.

Parker hat alle von der Vorschulklasse bis zur Vierten total angefixt. Ich bete, dass wir das Turnier über die Bühne kriegen, bis die Gymnasiasten den ganzen ausgeflippten Kindergarten entdecken und ihnen die Sache zu blöd wird.

Aber ich glaube, das wird schon gut gehen. Die Großen beschäftigen sich mit Meta-Strategien wie »alter Hut« und »Kristallkugel«. Und mit Fachausdrücken wie »die Leerschwünge synchronisieren«.
»Und?«, fragt Cassie.
»Was und?«, frage ich.
»Jason oder Will?«
»Ach so. Keine Ahnung. Ich glaub Jason.«
Cassie seufzt. »Ich mag Will lieber.«
Als würde das irgendwen interessieren.
»Cassie«, kann ich mir nicht verkneifen zu sagen, »du weißt hoffentlich, dass Jason und Will uns noch nicht mal bemerken würden, wenn wir« – ich suche verzweifelt nach einem Beispiel – »nackt wären.«
Cassie kichert über das lächerliche Bild, das wir plötzlich beide im Kopf haben. »Ach was, Lily. Klar würden sie.«
Sie hat Recht. Dann würden sie uns bemerken. Jetzt pruste ich auch los.
Cassie hängt noch zwei Anschläge auf und kichert leise in sich hinein. Dann verstummt sie und fragt: »Was ist mit V? Hilft sie jetzt beim Turnier?«
»Nein«, sage ich. »Aber sie und Mom sind die dicksten Freundinnen.«
»Das gibt's doch nicht!«, sagt Cassie. »Deine Mutter? Und V? Wie kommt das denn?«

»V reißt sich um die Hausarbeit, als wollte sie zur Hausfrau des Jahres gewählt werden.«

»Bist du da nicht sauer?«

»Nö.« Glaube ich jedenfalls nicht. Mom kann Hilfe gebrauchen, und ich bin viel zu beschäftigt mit SSS und meinem Projekt, um mir wegen V graue Haare wachsen zu lassen, auch wenn sie meine Blume umgebracht hat.

»Ist mir egal, was die macht«, füge ich hinzu. Das kommt lauter heraus als beabsichtigt.

»Also, *ich* wär sauer.« Cassie stemmt die Hände in die Taille. »Ich wette, das ist die Rache dafür, dass du bei ihrem Vater in der Werkstatt warst.«

Manchmal ist Cassie mir zu theatralisch. »Du müsstest mal sehen, wie mein Projekt sich macht«, sage ich. »Ich hab alles über Zikaden recherchiert, bis ins Kleinste – wo sie leben, ob man sie essen kann, wie ihr Nährwert ist. Ich hab alles auf einem großen Schaubild dargestellt, mit Fotos und so. Jetzt fehlen mir nur noch die Aussagen der Irren, die sie auf dem Turnier essen.«

»Glaubst du wirklich, dass das irgendwer macht?« Cassie verzieht das Gesicht, als hätte sie in eine Zitrone gebissen.

»Parkers Freunde auf jeden Fall. Die können es gar nicht abwarten.« Ich reiße ein Stück Klebeband ab und gebe es ihr. »Die werden sie sich reintun wie Tic Tacs.«

»Reintun? Meinst du essen?«

»Ja.«
»Weißt du, dass du komisch redest, seit Eric und V bei euch wohnen? Irgendwie cooler.«
Cassie schaut sich in der Umkleide um, dann klebt sie noch einen Aushang an die Tür. »Dein Insektenprojekt ist auch cool«, sagt sie. »Mrs Finley zückt bestimmt ihren Rotstift und schreibt ›Exzellent! Einfallsreich! Erstklassig!‹ an den Rand.«
»Exquisit«, füge ich hinzu und mache ein noch angewiderteres Gesicht als Cassie vorhin.
Ich beuge mich vor, nehme die restlichen Aushänge und verstaue sie sorgfältig in meiner Schultasche.
Ich höre es gern, wenn Cassie sagt, dass ich jetzt so rede, als wäre ich älter und cooler. Aber was ist mit dem anderen, mit dem, was sie über V und Mom gesagt hat? Will V sich wirklich an mir rächen?
»Meinst du echt«, frage ich Cassie, »dass Mrs Finley es gut findet?«
»Garantiert«, sagt sie.
»Hoffentlich.« Mit einem Ruck ziehe ich den Reißverschluss der Schultasche zu. »Dann sieht V mal, dass sie nicht die Einzige ist, die Einsen schreiben kann.«
Cassie dreht sich um und schaut mich an.
»Was ist?«, frage ich.
»Nichts«, sagt sie. »Nur …« Sie zögert. »Eben gerade hast du noch gesagt, es ist dir egal, was V macht.«

V

Hi! Hier ist Misty, hauchte eine leise Stimme. *Ich bin gerade nicht da, aber wenn ihr eure Nummer hinterlasst, rufe ich zurück.*

»*Misty?*« Ich starrte aufs Telefon. Seit wann hieß Melissa, *meine* Mutter, *Misty*? Und wer sagte *Hi*? Nicht meine Mom.

War sie nach ihrer Ankunft in L.A. direkt in Hollywood gelandet? Wollte sie irgendeine Rolle ergattern, für die sie dumm und sexy klingen musste?

Warum nicht? Ich hatte lange nichts mehr von ihr gehört, es war also alles möglich.

Ich vermisste meine Mom.

Ich vermisste Ben.

Ich vermisste Chicago.

Verdammt, ich vermisste sogar Eric – den Bruder, der hier war und doch nicht hier war. Und daran, meinen Dad zu teilen, musste ich mich auch erst mal gewöhnen. Aber immerhin hatte Mary Beth mich entdeckt. Endlich.

Sie hatte versprochen, mich heute zu dem neuen italienischen Lebensmittelgeschäft mitzunehmen, das gleich neben dem Spezialitätenbäcker eröffnet hatte. Ob all diese Läden wohl Dads Geschäft schaden könnten? Ich kam mir ein bisschen wie eine

Verräterin vor, weil ich bei Milvio einkaufen wollte, aber dort gibt es original toskanische Gewürze für meine Spaghetti und die führen Dads Läden nicht.
Ich machte mich auf die Suche nach Dad und dachte, er hat sich doch schon mal erstklassiges Olivenöl extra aus Italien liefern lassen. Warum nicht auch Gewürze?
Vor der Werkstatt blieb ich stehen.
Die Tür stand sperrangelweit offen. »Ich bin stolz auf dich«, hörte ich Dads Stimme von drinnen.
Meine Ohren glühten. Sprach er mit Lily? Stolz auf *sie* wegen *meiner* Fußballidee?«
»Das ist doch nichts Besonderes«, murmelte Eric.
Eric! Dad sprach mit Eric.
Stolz auf ihn weswegen? Wegen meiner Fußballidee?
Das hätte mir nichts ausgemacht.
»Und ob es was Besonderes ist«, sagte Dad. »Du hast genug Geld verdient, um dir ein eigenes Auto zu kaufen …«
»Einen eigenen Leichenwagen«, sagte Eric.
Selbst von meinem Versteck aus konnte ich Dad seufzen hören.
»Mir wäre es lieber, du würdest dir ein normales Auto kaufen«, sagte er. »Aber es ist dein Geld. Und du hast dich um die Versicherung gekümmert. Und sogar dafür hast du genug Geld zusammen. Ich bin wirklich sehr stolz auf dich.«
Schweigen.
Dad sprach mit warmer, weicher Stimme. Überschwänglich.

Genau das, was Eric brauchte. Warum antwortete er nicht? Hörte er nur den negativen Dad?

»Wie geht es mit euren Turnierplänen voran?«, fragte Dad.

»Ganz gut«, sagte Eric, aber so, dass es eher klang wie: *Kann ich jetzt gehen?*

Ganz gut? Geht's noch lahmer? Wo war der Eric, der SSS-Ideen versprühte? Der Eric, für den ich den Umsatz des profitabelsten Projekts der Weltgeschichte ausrechnen sollte?

»Macht V auch mit?«, fragte Dad.

»Nein.« Erics Stimme schoss durch die offene Tür nach draußen, fest und entschieden.

»Weißt du«, sagte Dad mitfühlend, »das war alles sehr hart für V.«

»Was alles?«, fragte Eric jetzt mit erhobener Stimme.

»Die neue Familie … dass ihre Mutter weg ist … Ben.« Das letzte Wort ein Flüstern. »Es ist schwer für sie.«

»Für sie?!« Eric ging in die Luft. *»Für sie?!«*

»Für dich ist es auch schwer«, sagte Dad. »Aber du bist älter. Und du machst nicht solche Probleme, und …«

Probleme? Was sollte das heißen, Eric macht nicht solche Probleme? Da helfe ich im Haus, schreibe gute Noten und … und … rede mit den anderen! Mann, *ich* mache nun wirklich keine Probleme!

»Ich tu, was ich kann«, murmelte Eric.

Das Geräusch meines Stuhls, der zurückgeschoben wurde, verriet mir, dass Eric aufstand. Ich rannte zurück ins Haus,

knallte die Tür zu und wollte mich direkt in mein Zimmer verziehen.
»Wo bleibt mein italienisches Kräutermädchen?«, rief Mary Beth. Sie stand in der Küchentür, die Haare locker hochgesteckt, und klimperte mit den Autoschlüsseln. »Können wir?«
»Öh … was … nein«, sagte ich panisch. Ich kämpfte mit den Tränen. Mit Mary Beth im Auto zu sitzen war das Letzte, was ich jetzt wollte. Ich wollte mit niemandem im Auto sitzen!
Was war schlimmer? Wenn sie mich heulen sah? Oder wenn sie dachte, ich würde Probleme machen, weil ich nicht mitwollte?
Ich schluckte den Kloß im Hals runter und wischte mir über die Augen.
»Klar – wir können los. Kein Problem«, log ich.

Eric

Tagebucheintrag # 180

Wenn's nach Dad geht, soll ich Superman sein. Als könnte ich alles hinbiegen – alles und jeden. Und von meinem Leichenwagen will er nichts wissen.

Tagebucheintrag # 181

Iss meine Shorts. Bart Simpson

Lily

Ich dachte, der Turniertag kommt nie mehr, aber jetzt ist es fast so weit. Morgen werden in unserem Garten wie durch Zauberei zig Leute auftauchen, die ihre Hände einsetzen und Geld ausgeben wollen. Hoffe ich jedenfalls.

Die SSS-Aufkleber und das Sieger-T-Shirt sind auch endlich angekommen. Vorgestern, gerade noch rechtzeitig.

Eric hätte es schon fast aufgegeben. Nicht das Paket. Die Hoffnung. »Ich hab die Bezugsnummer noch mal im Internet gecheckt – das Paket ist in Atlanta!«, schrie er. »Gestern war es in New York! Es ist *über uns hinweggeflogen!*«

»Vielleicht ist Atlanta ein Sortierzentrum«, sagte Mom. »Du weißt schon, so eine Art Kontrollstelle, wo alle Pakete gesammelt werden, bevor sie hier ankommen.«

»Vielleicht aber auch nicht.« Eric stöhnte.

Selbst Frank sah besorgt aus. Aber er versuchte sich aus unseren Plänen rauszuhalten. Er findet es toll, dass wir uns alle engagieren. Vor allem Eric.

Am Ende kamen die Preise dann doch an. Die Aufkleber sind krass und das T-Shirt ist jeden Cent der achtzehn Dollar fünfzig wert, die wir dafür abgedrückt haben. Es ist schwarz mit einem mittelgroßen blauen Kreis vornedrauf. In dem Kreis sind die Silhouetten von drei Muskelprotzen, die Stein, Schere und Papier werfen. Die Leute werden so wild darauf sein, dass sie zweimal, wenn nicht dreimal Eintritt bezahlen.

Ich glaube, Eric würde dafür einen Mord begehen – es ist wie für ihn gemacht.

Wir sind mit den Vorbereitungen fast fertig. Parker und ich stehen in der Küche und stecken schuppig gefrorene Zikaden in Twinkies. Die ersten drei haben wir total verhunzt, aber schließlich haben wir herausgefunden, dass man die Flügel stärker zusammendrücken und die Viecher mit dem Kopf zuerst reinstecken muss.

Ich versuche, nicht auf die roten Perlaugen zu achten und mir nicht vorzustellen, wie sie schmecken. Oder, noch schlimmer, wie sie sich im Mund anfühlen. Sind Insektenaugen knusprig oder schleimig?

Das einzig Gute an der Sache ist, dass jedes Mal, wenn ich eine Zikade reinstopfe, die halbe Füllung rausquillt. Und das heißt, dass ich die Creme essen kann.

Parker war ganz high, als er mit Mom im Supermarkt war. Er hat Shrek-Twinkies entdeckt, die mit monstergrüner Creme gefüllt sind statt mit der normalen weißen. »So lecker wie der Klassiker!«, stand in schreienden Buchstaben auf der Packung. Da ist es mit ihm durchgegangen und er hat zwölf Zehnerpackungen gekauft. Selbst ich kann ausrechnen, dass das hun-

dertzwanzig ekelfarbene Twinkies macht, Umtausch ausgeschlossen!
Mom hat noch versucht ihn zurückzuhalten, aber irgendwie hat er sie überzeugt, dass er daran verdienen wird. Er hat zweiundvierzig Dollar aus unserer Vorverkaufskasse dafür bezahlt, und er will sie für das Doppelte verkaufen. Aber hundertzwanzig!
Ich glaube, das sind viel zu viele. Er glaubt, es sind viel zu wenige.
Ich versuche mich noch mal im Kopfrechnen.
Bis jetzt haben wir vierundfünfzig Tickets verkauft, das macht 108 Dollar, minus 42 Dollar für Twinkies, 9,60 Dollar für Limonade und 33,50 Dollar für Preise. Plus 25 Dollar, die Papa Bud gespendet hat, minus 6 Dollar pro Ball fürs Porto minus noch mal 1,75 Dollar für die drei Twinkies, die wir zermatscht haben, und die beiden, die Parker aufgefuttert hat. Alles in allem können wir also … ich weiß nicht wie viele Fußbälle kaufen.
V sagt, da sie das Sportgeschäft zu fünfzig Prozent Nachlass überredet hat, können wir entweder drei gute Bälle oder sechs olle kaufen. Vielleicht sogar ein paar mehr, wenn wir eine billigere Möglichkeit finden, sie zu verschicken, und sensationelle fünf bis neun mehr, wenn Parker all seine Insektensnacks loswird. Mit den gegrillten Twinkies können wir ganz klar das größte Geschäft machen.
Falls sie ankommen.

Und einen monstergrünen Verlust, falls nicht.
Das Ganze erinnert mich an unlösbare Textaufgaben. So nach dem Motto: Wenn Jack für zehn Dollar zwanzig Äpfel kaufen will, die Dienstag mit einem Lastkahn ankommen sollen, der mit fünfundvierzig Stundenkilometern flussaufwärts fährt, sind die Äpfel dann rot oder grün?
Gott sei Dank hat V sich nun doch entschlossen zu helfen. Von Zahlen krieg ich Kopfschmerzen.
Aber in letzter Zeit ist sie wirklich komisch. Wie sie sich urplötzlich bereit erklärt hat, die Kasse für das Turnier zu machen. Eines Tages kam sie an, lächelte, als gäbe es in unserer total gestressten Familie gar keine Probleme, und sagte: »Ich mach mit.«
Schade, dass sie die Bücher nicht übernommen hat, bevor Parker die Hälfte unseres Geldes zum Fenster rausgeschmissen hat. Seitdem hat sie meine Zehennägel mit Crazy Cranberry angemalt, mir gesagt, ich hätte schöne Zähne, mein Haar so geschnitten, dass man von einer Frisur sprechen kann, und mich zu zwei Oberteilen überredet, die keine T-Shirts sind. Sie hat sogar zwei gute Vorschläge für mein Naturkundeprojekt gemacht. Entschuldigt hat sie sich immer noch nicht, aber sie ist ganz klar eine Kandidatin für die Goldmedaille im Miteinander-Auskommen.
Na gut. Papa Bud sagt immer, wie wichtig es ist, die andere Wange hinzuhalten. Also versuche ich, drüberwegzukommen

und zur Tagesordnung überzugehen. Vergeben und vergessen. Außerdem hat Eric gesagt, wenn man nachtragend ist, tut man sich nur selbst weh. Hat er das in einem seiner Bücher gelesen oder hat er es auf die harte Tour gelernt?

Egal. Heute mache ich mir eher Sorgen darüber, wie viele Leute wohl Parkers Zikaden essen werden. Cassie glaubt, dass mehr Leute kommen als tatsächlich am Wettkampf teilnehmen. Hoffentlich.

Und hoffentlich mögen sie gegrillte Twinkies. Hoffentlich mögen sie sie sehr. Aber für den Fall, dass kein Mensch die Dinger kauft, stelle ich eine Sammelbüchse hin. Ich hab bei der Zeitung wegen einer Anzeige angerufen, aber das war viel zu teuer. Der Preis überstieg unser Budget dermaßen, dass ich gar nicht erst rechnen musste – ist nicht drin.

»Hör auf, die Twinkies zu futtern«, brülle ich Parker an, der offenbar dachte, ich gucke nicht hin.

»Seht euch das an!«, kreischt V. Sie kommt mit einer Zeitung in die Küche gestürmt. Sie guckt so geschockt, als hätte sie gerade gelesen, dass alle Nagellackmarken vom Markt genommen worden sind.

»Was ist?«, frage ich, schlecke Creme vom Finger und erwische einen köstlichen Hauch Zucker mit weichem gelben Biskuit statt des schleimgrünen Zeugs.

»Hier!«, ruft sie und schmeißt mir die Zeitung hin.

»Vorwahlen verschoben«, lese ich.

»Nein!«, sagt sie. »Die Überschrift darunter.«
»Dreiundvierzigjähriger stirbt an Zikadenallergie«.
»Stirbt!«, rufe ich. »Wie geht das denn?«
»Er hat eine gegessen«, sagt V wild gestikulierend. »Und dann ist er gestorben.«
Parkers Augen werden runder als die Teller, auf denen wir die Twinkies stapeln. Ihm fällt buchstäblich die Kinnlade runter.
»Hat er sich verschluckt?«, fragt er schwach.
»Nein«, sagt V. »Er war allergisch gegen Meeresfrüchte. Und vielleicht hat er deshalb auch allergisch auf Insekten reagiert. Vielleicht aber auch nicht. Die Ärzte wissen es nicht.«
Parker blinzelt ein paarmal, er versucht zu kapieren, was das bedeutet. Dann klappt er den Mund wieder zu, macht sich so groß wie möglich und sagt entschieden: »Na gut. Dann verkaufen wir die Zikaden also nicht an Allergiker.«
Es tut mir so Leid. Für ihn. Für mich. Für uns alle. Denn wir können die Zikaden auf gar keinen Fall verkaufen, so viel ist sicher.
»Von mir aus«, sagt V und quält sich ein Lächeln ab. »Kein Problem.«
Was ist los mit ihr? »Kein Problem« ist auf einmal ihr Lieblingsspruch geworden. Natürlich können wir den Leuten keine Killerzikaden anbieten! Spinnt die?
Ich starre auf den Stapel gegrillter Twinkies. Hundertzwanzig kleine feine potenzielle Todesfallen – minus fünf.

Ein Drittel unseres Umsatzes. Futsch. Oder war es sogar eher die Hälfte? Zwei Fünftel?
Ich hab keinen blassen Schimmer, wie viel Prozent unseres Geldes gerade in die Mülltonne gewandert ist. Aber eins weiß ich: Für mein Naturkundeprojekt kriege ich eine glatte Sechs.

Parker

»Daran stirbt doch keiner!«, schrie Parker. Sie hatten sich alle in Erics Zimmer versammelt.

V, Eric und Lily starrten Parker an, wie er mit den Händen fuchtelte und mit den nackten Füßen aufstampfte.

»Hey, Matscho. Reg dich ab«, sagte Eric ganz ruhig. »Wir kriegen das schon hin.«

»Nein!« Parker ballte die Fäuste, bis die Knöchel wehtaten.

»Wir können immer noch deine Limo verkaufen«, sagte Lily leise. »Das bringt nur nicht ganz so viel Geld.«

Parker hätte ihr am liebsten eine geknallt. Sie hatte die ganze Zeit gefunden, dass er zu viel Geld ausgab. Na ja, eigentlich fanden das alle, aber Lily hatte gesagt: »Parker, du bist so was von blöd.«

V sagte nichts.

»Es ist natürlich Scheiße«, gab Eric zu.

»Ja«, sagte Parker. »Echt Scheiße.«

»Aber es bleibt uns nichts anderes übrig«, sagte Eric.

»Doch!« Wieder stampfte Parker mit dem Fuß auf.

»Wir können es nicht ändern«, sagte Eric. »Wie würde es dir gehen, wenn jemand tot umfallen würde, weil er eine von deinen Zikaden gegessen hat?«

Parker verdrehte die Augen. »Es fällt aber keiner tot um.«
»Könnte aber passieren«, sagte Eric.
»Außerdem«, fügte Lily hinzu, »haben Mom und Frank das auch gesagt. Keine Zikaden.«
»Rede du mit ihnen«, bat Parker und schaute V an. Hielt sie nicht zu ihm? »Rede mit deinem Dad. Bittebitte.«
»Ha!«, sagte V mit Piepsstimme. »Mich musst du nicht angucken. Versuch's mal bei Eric.«
»Wieso ich?«, fragte Eric verdutzt.
»Auf dich ist er doch so stolz«, murmelte V und schaute zu Boden.
»Dad?«, fragte Eric verwundert. »Tickst du nicht mehr richtig? Dad hält mich für einen totalen Versager.«
»Er hat gesagt, er ist stolz auf dich. Hab ich selbst gehört.«
»Wann?«
»Weiß ich nicht mehr. Vor ein paar Wochen. In seiner Werkstatt. Da hat er gesagt, er ist stolz auf dich, weil du das Geld für …«
»Ach so. Das«, sagte Eric. »Das hat er nicht so gemeint. Er meinte …«
»Eric«, unterbrach V ihn. »Er erwartet eine Menge von dir. Aber nicht halb so viel, wie du denkst. Du hörst nicht richtig zu.«
»Was ist jetzt mit unseren Zikaden?«, rief Parker.
Eric starrte einen Moment ausdruckslos ins Nichts, dann warf

er leicht den Kopf zur Seite, als wollte er etwas herausschütteln, was nicht dort hingehörte. »Keine Bange«, sagte er und wandte sich jetzt wieder ganz Parker zu. »Das holen wir mit Eintrittskarten locker wieder rein. Häng dich ans Telefon. Jetzt gleich. Sag deinen Freunden, sie sollen alle Leute anrufen, die sie kennen. Lily und V, ihr auch. Und noch mehr Aushänge – vor allem auf den Hauptstraßen, die ins Viertel führen.«

Ob das was nützt?, fragte sich Parker. Vielleicht. Wenn Eric es sagte.

»SSS! SSS!«, grölte Eric, schwang die Faust und warf – Stein.

»SSS!«, riefen Lily und V und streckten beide die flache Hand aus – Papier.

»Schere!«, rief Parker und stürzte sich mit Schnippschnappfingern auf Lily.

Dann schoss er aus Erics Zimmer und durch den Flur zum Telefon. Wen sollte er zuerst anrufen? Jay? Edward? Oder doch eher Anna?

Er nahm den Hörer ab und wählte Edwards Nummer.

»Hallo?«, sagte Edward.

»Ich bin's. Matscho«, sagte Parker aufgeregt.

»Hey, Grillo!«, rief Edward zurück. »Morgen! Ich kann's gar nicht mehr abwarten! Ich ess mindestens eine. Auf jeden Fall. Vielleicht sogar zwei. Aber ich hab mit George gewettet, dass er's nicht schafft, drei zu essen. Und ich übe schon die Würfe. Bin gerade dabei. Ich wette, dass ich gewinne. Soll ich die

Viecher vor oder nach dem Wettkampf essen? Was mach ich, wenn ich kotzen muss? Vielleicht doch lieber nach …«

»Öhm … meine Mutter ruft mich gerade«, murmelte Parker. »Ich muss Schluss machen.« Er legte auf.

Alle seine Freunde rechneten mit Insektensnacks. Sie würden ihn umbringen. Oder ihn ein Weichei nennen. Das war ungerecht. Was hatte er verbrochen? Gar nichts.

Da fiel es ihm ein. Lilys Blume. Gab es da einen Zusammenhang? War das jetzt die Strafe? Er versuchte sich zu erinnern, was er in der Sonntagsschule gelernt hatte. Hatte das mit dem Gott zu tun, der eine Flut schickte, um die Leute wegzuspülen, die schlimme Sachen gemacht hatten? Und was war mit dem Gott, der sagte, jeder sollte dem anderen seine Sünden vergeben?

Und was zum Teufel war überhaupt eine Sünde?

Parker konnte sich das alles nicht merken. Es war zu verwirrend. Er hoffte nur, dass keiner von seinen Freunden auftauchte.

Eric

Tagebucheintrag # 182

Ich hoffe, meine Freunde kommen alle. Und bringen alle ihre Freunde mit. Wir brauchen massenweise Kohle, um den Zikadenverlust wettzumachen.
Das ist echt die Härte. Stirbt da so ein alter Knacker einfach!
Armer Matscho. Er kann nichts dafür, auch wenn er zu viel Geld ausgegeben hat.
Ich hätte gern mehr Zeit zum Schreiben – SSS nimmt mich zu sehr in Anspruch. Ich meine Zeit, etwas *Gutes* zu schreiben. So was wie die Zugmetapher.
Der alte Mann und das Meer hab ich schon längst ausgelesen, aber es wirkt lange nach – geiles Buch.
Hemingway hat es echt drauf. Wenn er klar und einfach schreibt, klingt das wie Poesie. Wenn ich so schreibe, klingt es wie ein Einkaufszettel.

Tagebucheintrag # 183

Ich höre gern zu. Vom genauen Zuhören habe ich eine Menge gelernt. Die meisten Leute hören nicht zu. – Ernest Hemingway

V ist verrückt.
Ich höre zu.
Ganz bestimmt.
Höre ich genau zu?
Vielleicht.
Vielleicht auch nicht.

Lily

Hoffentlich muss ich nie mehr im Leben ein Twinkie sehen.

Mein Magen fühlt sich an, als wäre er voller unzähliger Würmer, die versuchen, sich aus nassem grünen Zement herauszuwinden. Wie viel Monstercremefüllung hab ich gegessen?

Ich will sterben.

Nein.

Ich will mich nur übergeben.

Lieber Gott, bitte lass mich kotzen.

Jetzt!

V

Ich schlug nach einer Wespe, die um unsere Limogläser herumschwirrte, und bereute sofort, dass ich mich bewegt hatte. Es war so heiß, dass mir kleine Schweißperlen den Nacken herunterliefen, und dabei hatten wir noch nicht mal Juni. Ich schwöre, dass es stickiger und heißer war als im letzten August, als wir hergezogen sind.

»Ist es im Mai immer so heiß?«, fragte ich Parker.

»Heiß?« Ein *Hä?* lag in seinem Blick.

Spüren Kinder die Hitze nicht?

Zum Glück schien sie vielen anderen Leute auch nichts auszumachen, denn unser Garten füllte sich mit Menschen in allen Größen, Formen und Altersstufen. Eine Mutter mit zwei schlafenden Babys in einem Zwillingskinderwagen lehnte an der Wand von Dads Werkstatt und quatschte mit Mrs Schwartz, die drei Häuser weiter wohnt. Zwei Jungs fuhren mit Rollern durch die Einfahrt, einer klein mit drahtigen Haaren, der andere wesentlich größer. Ein dünnes elfenhaftes Mädchen kam direkt vom Turnen, sie war noch im Gymnastikanzug. Und ein gebeugter alter Mann hielt mit einer Hand seinen Spazierstock fest, während er mit der anderen nach Geld für die Limo suchte. Ein glänzendes schwarzes Auto mit lauter Sportcracks

hielt quietschend und mit hämmernden Lautsprechern am Straßenrand.
Bubbles zischte ab wie eine Rakete, um sich zu verstecken. Schneemann hüpfte herum und leckte jedem, den er zu fassen bekam, die Knöchel ab. Parker und ich schenkten Limo aus.
Armer Junge.

Mary Beth musste ihn heute Morgen aus dem Bett zerren.
»Ich will aber nicht«, hatte er gefleht.
»Sei nicht albern.« Sie lachte.
Aber für ihn war es kein Spaß. Er wusste, dass seine Freunde total gefrustet sein würden, wenn sie erfuhren, dass es keine Zikaden gab, die sie verspachteln konnten – außer ein paar toten, die irgendwo unter einer Azalee lagen.
Eric eilte ihm zu Hilfe. Während Lily und ich Parker mit läppischen Trostworten abspeisten – »Deine Freunde werden schon drüberwegkommen« und »Du willst doch nicht, dass jemand stirbt, oder?« –, kam Eric mit einem Karton voller Plastiktütchen und einem Schälchen mit Twinkie-Bröckchen an, die er aus dem Müll gefischt hatte.
»Todeskrumen«, verkündete er triumphierend.
»Hä?«, sagte Parker. Wie eine misstrauische Schildkröte reckte er den Kopf vorsichtig unter der Bettdecke hervor.
Eric gab Parker einen wasserfesten schwarzen Folienschreiber und ein Tütchen, dann sagte er: »Los, Matscho. Schreib ›Todes-

krumen – nicht essen‹ auf jede Tüte. Dann fülle ich ein bisschen Twinkie-Abfall rein.«

Alle starrten ihn an.

»Mehr konnte ich nicht retten.« Eric schaute bedauernd auf das Schälchen in seiner Hand, in dem nur ein paar zermanschte gelbe Kuchenteilchen lagen. »Dad hat Kaffeesatz in die Mülltonne geworfen, genau auf die Twinkies«, erklärte er.

Ein Fünkchen Leben flammte in Parkers Augen auf.

»Aber Mom hat gesagt, wir dürfen keine Twinkie-Reste verkaufen«, sagte er still und ganz und gar nicht parkermäßig. »Wegen den Rückständern.«

»Rückständen«, flüsterte ich.

Ich versuche die Leute nicht zu verbessern, aber manchmal rutscht es mir einfach raus.

Mary Beth hatte gesagt, selbst wenn Parker die Zikaden aus den Twinkies entfernte, könnten sie immer noch vergiftet sein – mit Rückständen.

Klar. Als ob irgendein vergessenes Insektenknie jemanden umbringen könnte!

»Sag's ihr nicht«, sagte Eric.

»Sag's ihr nicht?«, wiederholte Parker verblüfft, als hätte er in seinem ganzen engelhaften Leben noch nie etwas Heimliches getan.

»Na ja«, sagte Eric. »Wenn sie fragt, kannst du es ihr ja erzählen. Aber wenn sie nicht fragt …« Er wandte den Blick ab und zuckte die Schultern. »Guck mal«, sagte er, als wollte er es etwas verantwortungsvoller klingen lassen, »sie hat gesagt, wir sollen sie nicht verkaufen. Hier«, er hielt ein Tütchen hoch, »steht aber ganz klar drauf: *nicht essen.*«

Jetzt sahen Parker und ich also aus wie zwei nette, harmlose Kinder, die im Garten Limo verkaufen, während wir unter der Tischdecke tütenweise Todeskrumen versteckt hatten wie illegale Drogen.

Ein paar Typen in meinem Alter hingen an der Theke rum, ohne etwas zu kaufen, aber Parkers Freunde kamen vorbei, um ihr Taschengeld auf den Kopf zu hauen. Schade, dass es nicht genug von den lebensgefährlichen Tütchen gab, um damit richtig Umsatz zu machen, aber immerhin konnte Parker das Gesicht wahren.

»Wahnsinn«, sagten seine Freunde. »Todeskrumen … geil!«

Dann versteckten sie die Tütchen in den Taschen, um sie später herauszuholen und bis in alle Ewigkeit zu bewundern – oder bis eines Tages die Ameisen Löcher im Plastik fanden.

Der einzige Volljährige, dem wir eine Tüte verkauften, war Papa Bud, der uns zuzwinkerte und versprach, uns nicht zu verpfeifen. Eigentlich ist er doch ziemlich in Ordnung. Er hat sogar fünfundzwanzig Dollar für die Fußbälle gespendet.

Ich hatte ganz vergessen, wie es ist, wenn es einem so gut geht.

Lily

Zum ersten Mal seit Moms Heirat kenne ich mich wieder.

Das SSS-Turnier läuft super, obwohl es irrsinnig heiß und schwül ist. Aber das Beste ist, dass die ganze Familie mithilft. Und ich hab die Idee wiederauferstehen lassen.

Ein gerettetes Projekt.

Aber eins steht noch aus.

Ich hab keine Ahnung, was ich jetzt für Naturkunde machen soll.

Wie wär's mit: »Cremefüllung: die Übelkeit erregende Wirkung exzessiven Verzehrs«?

Hätte ich gestern Abend bloß auf ein Blatt Papier gekotzt statt in die Toilette, dann könnte ich es »Exponat A« nennen und es Mrs Finley zusammen mit einem Aufsatz zum Thema »Warum gibt es keine Verbindung zwischen Magen und Gehirn?« einreichen.

Die richtig gute Nachricht aber ist, dass ein Reporter vom *Charlotte Observer* einen Artikel über das *Wie die Faust aufs Auge*-Turnier schreiben will.

Wir werden alle berühmt.

»Wer hatte die Idee für das Turnier?«, fragt der große Typ, der

nicht viel älter aussieht als Eric. Er holt einen winzigen Kassettenrekorder heraus und schaltet ihn ein.
»Mein Bruder Eric«, sage ich und frage mich, ob er mir das später noch mal vorspielt. Ich finde es jedes Mal erstaunlich, dass sich meine Stimme auf Kassette anhört wie die einer völlig fremden Person.
»Aber die Idee mit den Fußbällen kommt von meiner Schwester V«, sage ich. »Und mein kleiner Bruder Parker – schreiben Sie Matscho, mit t – wollte Zikadenspezialitäten verkaufen, die ich gegrillte Twinkies genannt habe, aber meine Mutter hat es nicht erlaubt, weil man daran sterben kann.«
Spreche ich zu schnell? Höre ich mich zu kindlich an? Ich versuche ein paar von den neuen coolen Wörtern hervorzukramen, die Cassie aufgefallen sind, aber ich bin zu nervös.
Und warum sage ich dem Reporter, er soll Matscho schreiben, obwohl ich den Namen gar nicht leiden kann? Keine Ahnung. Wahrscheinlich, weil ich weiß, wie begeistert Parker sein wird, wenn er den Namen gedruckt sieht.
Der Reporter wischt sich den Schweiß von der Stirn und stellt noch mehr Fragen. Dann schlendert er mit seinem Aufnahmegerät davon, um andere Leute zu interviewen und sich die Wettkämpfe anzusehen.
Es läuft super. Manche Leute versuchen ihr Glück sogar zweimal, also verdienen wir vielleicht doch was. Wer weiß?
Das Sieger-T-Shirt hängt an einem Baum über dem Tisch, an

dem Eric die Eintrittskarten verkauft. Jedes Mal, wenn jemand eine Bemerkung darüber macht, wie toll es aussieht, lächelt er stolz. Ich weiß, wie gern er es selbst behalten würde.

Deshalb bin ich baff, als er sagt, dass er nicht am Wettkampf teilnimmt. Er meint, unsere ganze Familie sollte nicht dabei sein.

»Was?«, brüllen wir alle.

»Das wär so, als würde Bob Barker bei *The Price is Right* gewinnen«, sagt er.

Wer?

»Oder als würde Alex Trebek das ganze Geld bei *Jeopardy!* einstreichen. Man kann nicht bei seinem eigenen Spiel gewinnen.« Eric verschränkt die langen Arme vor der Brust und fügt hinzu: »Das wär schlechter Stil.«

Aber es ist schon in Ordnung so. Wir sind sowieso alle viel zu beschäftigt damit, das Turnier am Laufen zu halten, um selber teilzunehmen.

»Und die Siegerin der zweiundzwanzigsten Runde ist Javonne Townsend!«, ruft Frank und hält die Hand einer Neuntklässlerin hoch, als wäre sie der Champion eines Boxwettkampfs. Eric überreicht ihr einen Aufkleber mit einer Faust auf rotem Hintergrund, und Javonne zieht mit einem Grinsen ab, als hätte sie gerade den Jackpot geknackt.

Trainerin Mom weist gerade ihren nächsten Schützling ein, einen kleinen sommersprossigen Jungen namens C.J. »Lass dich nicht davon einschüchtern, dass er größer und älter ist als du«, sagt sie und zeigt auf seinen High-School-Gegner – einen riesigen Fußballer mit stahlharten Muskeln. »Den machst du fertig.«

Zaghaft betritt C.J. die kleine quadratische Bühne, die Frank dreißig Zentimeter hoch gebaut hat. Er streckt die Faust etwa einen halben Meter von der Riesenhand seines Gegners entfernt aus und verzieht das Gesicht, als würde er jeden Moment losheulen.

»Bist du bereit?«, fragt der Fußballer.

»Ja«, piepst C.J.

Schnick, schnack, Klatsch.

Mit der letzten Handbewegung hat C.J. eine Mücke auf seinem Unterarm erschlagen.

»Foul«, sagt Frank freundlich.

C.J.s Unterlippe fängt an zu beben.

»Einspruch!«, ruft Mom. »Lily! Hol mal die Citronellakerzen aus dem Schrank in der Garage. Wir müssen diese Viecher loswerden. Also«, sagt sie dann. »Noch mal von vorn. C.J. bekommt noch eine Chance.«

Der Fußballer protestiert: »Aber Mrs Evans, Sie sind nicht der Schiedsrichter.«

»Fraaank«, flötet Mom, und das bedeutet: Jetzt stimm mir schon zu, Schatz, und zwar ein bisschen dalli.

Als ich mit den Kerzen zurückkomme, ist die Wiederholung

gelaufen und C.J. hat gewonnen. Er ist so süß – hoffentlich gewinnt er das Turnier.
Der Fußballer reiht sich in die Schlange ein, um noch eine Eintrittskarte zu kaufen. Und Mom steht unter einem Baum, streicht sich die Haare zurück und erklärt ihrem nächsten Klienten, einem weißhaarigen alten Mann mit Stock, die Sache mit den Gambits.
Ich zünde die Antimückenkerzen an und schon bald ist die Luft von dem eigenartigen, süßlichen Citronelladuft erfüllt. Dazu die Limonade – es riecht wie die reinste Fruchtorgie.
V an der Theke zieht die Jungs magisch an. Selbst der Reporter flirtet mit ihr. Hoffentlich geben die auch alle Geld aus.
Cassie hängt eine Weile in der Traube der Jungs herum, dann gibt sie es auf und spielt SSS. Sie gewinnt die Runde! Wie spannend! Vielleicht steht sie ja mit C.J. im Finale! Zu wem würde ich dann halten?
Aber es kommt anders. Mrs DeVaughan – die Frau, bei der V babysittet und deren Sohn im Irak stationiert ist – kommt in den Endkampf. Sie trägt hippe rote Sandalen, ein gebügeltes ärmelloses T-Shirt und eine geblümte Hose mit abgeschnittenen Beinen. Ihr gegenüber auf der Holzbühne steht der Fußballer, der mit der zweiten Eintrittskarte alle Runden gewonnen hat.
Der Hauptpreis geht an denjenigen, der als Erster drei Würfe gewinnt.
Frank beugt sich vor und prüft den Abstand zwischen den

Händen der beiden. Er nickt und sagt: »Auf dass der beste Gambit gewinnt!«
»Startklar?«, sagt der Muskelprotz, beugt sich vor und lässt den rechten Bizeps spielen.
»Ja«, sagt Mrs DeVaughan und macht die Augen schmal wie eine Schlange.
Schnick, schnack, schnuck.
Papier wickelt Stein ein. Mrs DeVaughan gewinnt den ersten Wurf. Yeah!
Aber ich hab gesehen, wie sie im Schwung mit den Fingern gezuckt und damit verraten hat, dass sie keinen Stein wirft. Hat der Fußballer es auch gesehen?
»Startklar?«
»Ja.«
Schnick, schnack, schnuck.
Sie zuckt schon wieder mit den Fingern! Diesmal wirft sie eine Schere. Der Fußballer auch – unentschieden. Ich hätte ihn auf dreimal Stein eingeschätzt – Lawine –, aber er dachte wohl, sie würde zweimal Papier werfen.
Die Zuschauer flippen aus. Hier schallt es »Ellen vor!« und »Mrs DeVaughan vor!«, da »Malcolm vor!«.
Schnick, schnack, schnuck.
Mrs DeVaughan zuckt wieder verräterisch mit den Fingern und wirft eine Schere. Malcolm wirft Papier. Wo war er mit seinen Gedanken?

Er schlägt sich mit der Hand vor die Stirn, weil er weiß, dass er nicht aufgepasst hat. Der Schweiß spritzt und trifft Frank und Mrs DeVaughan.

»Entschuldigung«, sagt Malcolm.

»Das macht doch gar nichts«, sagt Mrs DeVaughan höflich. Sie schwitzt kein bisschen.

»Kein Problem«, murmelt Frank und wischt sich die Wange ab.

Zweimal Sieg und einmal unentschieden für Mrs D. Noch ein Sieg und sie ist SSS-Champion!

Am liebsten würde ich ihr zurufen: »Keinen Stein!«, denn wenn Malcolm sieht, dass sie nicht mit den Fingern zuckt, weiß er sofort, dass sie einen Stein wirft. Aber wenn sie zuckt, muss er raten – Papier oder Schere?

»Startklar?«

»Ja.«

»Ellen vor!«

»Malcolm vor!«

Von allen Seiten werden sie angefeuert. Schneemann springt mir vor Aufregung an den Beinen hoch.

Schnick, schnack, schnuck.

Mrs DeVaughan zuckt nicht mit den Fingern! Das wird ein Stein! Ich weiß es. Und Malcolm weiß es auch.

Er wirft Papier.

Mrs. D. wirft eine Schere!

Sie hat gewonnen!

Die Menge tobt. Schneemann rennt wie ein Irrer im Slalom um die Leute herum.
Mrs DeVaughan hat den Fußballer ausgetrickst! Genial!
Eric rennt mit dem SSS-T-Shirt zu ihr hin und zieht es ihr über den Kopf.
Mrs DeVaughan reißt die Arme hoch und stößt einen Schrei aus, der sich anhört wie »Waaaaiiiii!«. Sie sieht aus wie ein ausgelassenes Kind in einem zu großen T-Shirt.
Danach löst sich die Menschenmenge ziemlich schnell auf. Ich kippe zwei Gläser Limo runter, weil mir der Hals vom Anfeuern wehtut, dann sause ich los, um Schneemann eine große Schale Wasser zu holen. In dem Moment fällt mir ein, dass ich vergessen habe, eine Sammelbüchse hinzustellen.
Mrs DeVaughan sagt zu Eric, dass sie das T-Shirt wahrscheinlich ihrem Sohn im Irak schenkt, weil es ihm bestimmt besser passt. »Das muss ich ihm unbedingt erzählen«, sagt sie aufgeregt. »Ihr seid unglaublich! Wann wisst ihr, wie viele Fußbälle ihr verschicken könnt?« Sie ist genauso gespannt wie wir.
»Sobald wir ausgerechnet haben, wie viel Gewinn wir gemacht haben«, sagt Eric.
Wir schauen alle zu V, die das Geld in der Kasse zählt und Zahlen auf einen gelben Notizblock schreibt.
Sie lächelt nicht.

Wie die Faust aufs Auge

Von unserem Redakteur Randall Mercer

Was ist los, wenn sich hundert Leute in einem ruhigen Viertel in Charlotte treffen und die Fäuste schwingen? Die Antwort lautet: ein Schnick-Schnack-Schnuck-Turnier. Das Projekt wurde von V Stone ins Leben gerufen. Von den Erlösen sollen Fußbälle für Kinder im Irak gekauft werden. Vs Geschwister halfen ihr bei der Umsetzung.

Groß und Klein nahmen an dem zeitlosen Kinderspiel teil, bei dem die Haltung der Finger über Sieg oder Niederlage entscheidet. Stein schleift Schere. Schere schneidet Papier. Papier wickelt Stein ein. Die Turniersiegerin Ellen DeVaughan (deren Sohn Daniel im Irak stationiert ist) erhielt als Preis das begehrte T-Shirt der weltweiten SSS-Vereinigung, die 1842 in London gegründet wurde.

Die Veranstaltung war ein Riesenerfolg in puncto Spaß, finanziell jedoch weniger lohnend. V Stones gegrillte Twinkies (so ihr origineller Name für Twinkies mit Zikadenfüllung) mussten wegen des gesundheitlichen Risikos von der Karte gestrichen werden, was zu herben Verlusten führte. Dennoch sind die Stone-Kinder entschlossen, wenigstens vier Fußbälle in den Irak zu schicken.

Unabhängig vom Ergebnis der Aktion kann man den Einsatz und die Großzügigkeit der jungen Leute gar nicht genug loben.

Lily

V Stones gegrillte Twinkies!
Ihr origineller Name!
Die Stone-Kinder!

Wie kann sie sich derart mit fremden Federn schmücken?
Gerade als ich dachte, sie würde langsam menschlich.
Ich hab noch nicht mal einen Namen.

V

Meine gegrillten Twinkies!
Mein origineller Name!
Die Stone-Kinder!

Wer ist Randall Mercer und wieso haben sie den noch nicht gefeuert? Woher hat der seine Infos?
Lily und Parker heißen mit Nachnamen Evans, nicht Stone. Und sie haben auch Vornamen, verdammt noch mal! Den Namen für die gegrillten Twinkies hat Lily erfunden. Und die Idee für SSS stammt von Eric!
Von mir hat der Typ das alles nicht!
Aber wer soll mir das glauben?
Wieso passiert mir so was andauernd?

Parker

»Reporter bringen ständig Fakten durcheinander«, sagte Mom. Sie wollte den Riss kitten, der plötzlich wieder mitten durch unsere Familie ging.

Lily warf V einen wütenden Blick zu.

V reckte das Kinn hoch, als wollte sie sagen*: Ihr könnt mich alle mal.*

Eric hatte sich mit einem Buch in einen Sessel gefläzt, ein Bein über der Armlehne.

»Wisst ihr noch, als Frank seinen ersten Laden aufgemacht hat?«, fuhr Mom beinahe flehend fort. »Und in der Zeitung die falsche Adresse stand?«

Keiner erinnerte sich. Wenigstens gab es keiner zu.

Parker konnte es nicht fassen. Gerade als alles wieder so gut lief, musste das passieren. Er hatte sogar schon seit einer Woche nicht mehr geträumt, dass ihm der Kopf mit dem Ball abgehauen würde. Außerdem hatte Eric gesagt, wenn keiner fragt, braucht man auch nichts zuzugeben. Hatte er doch, oder?

Und was sollte er jetzt machen? Lily war wieder stocksauer auf V, und V saß auf dem hohen Ross und behauptete, sie hätte dem bescheuerten Reporter nichts in der Richtung erzählt. Der hätte einfach alles durcheinander gebracht.

Doch keiner glaubte V, weil sie schon einmal gelogen hatte.
Parker wusste, dass sie nicht gelogen hatte.
Und warum, grummelte er, hatte Mom ihn nicht davon abgehalten, so viele von den blöden Twinkies zu kaufen?

Eric

Tagebucheintrag # 189

Wir haben in Englisch *Eine Geschichte aus zwei Städten* von Dickens gelesen. Zum Abschluss des Schuljahrs nehmen wir jetzt Gedichte durch. Ein Dichter namens W.H. Auden hat geschrieben:
»Der Küchentisch existiert, weil man ihn scheuert.«
Dazu fiel mir ein, dass unser Küchentisch existiert, weil Dad ihn gebaut hat, und wie viel mehr Platz wir daran haben als an dem alten, aber dass ich – spinne ich? – den alten kleinen trotzdem vermisse.
Die meisten Gedichte sind Sonette über die Liebe und Blumen. Ich würde lieber Hemingway lesen.

Lily

Danke, Cassie.

Dafür, dass du meine Freundin bist.

»Hey«, sagt sie. Sie liegt auf meinem Bett, während ich überm Schreibtisch hänge und die Schublade von Bleistiftstummeln und alten Zetteln befreie. »Ärgere dich nicht länger über V. Ich meine, du musst doch nur noch ein paar Jahre mit ihr unter einem Dach leben. Du brauchst sie nicht zu heiraten.«

Da hat sie Recht. Glaube ich.

Ich schaue in eine leere CD-Hülle und frage mich, wo die CD hin ist. »Aber ich hätte so gern eine tolle Schwester gehabt. Eine, die nicht lügt«, sage ich.

»Lügt nicht jeder mal?«, sagt Cassie.

Da hat sie wieder Recht.

»Außerdem«, fährt sie fort, »brauchst du im Moment überhaupt keine Schwester. Du brauchst ein Naturkundeprojekt.«

O ja. Allerdings.

Ich zerknülle den *Wie die Faust aufs Auge*-Artikel, der irgendwie auf meinem Schreibtisch gelandet ist, und ziele auf den Papierkorb. Höchstwahrscheinlich werde ich meine Zikadenstudie ohne abschließendes Ergebnis einreichen und hoffen, dass ich damit durchkomme. Es sei denn, meine verschollene Paten-

tante taucht plötzlich aus dem Märchenland auf und erinnert sich, dass sie ein vergessenes Patenkind in Charlotte hat.
Cassie hebt den Zeitungsball auf, der neben dem Papierkorb gelandet ist, und streicht das Papier glatt. Als ich sie beobachte, wie sie Vs Lügen liest, fällt mir eine Überschrift auf der Rückseite auf: *Reihenfolge der Geburt prägt Persönlichkeit.*
Hä?
Plötzlich stürmt V in mein Zimmer und ruft: »Lily! Das musst du dir angucken! Wo ist Parker? Hallo, Cassie. Wo ist Eric? Guckt mal!«
Cassie und ich starren V an, die einen Stapel geöffneter Briefumschläge in der Hand hält. Sie zieht einen Scheck aus einem Umschlag und reicht ihn mir.
Ich starre auf den blauen Scheck über zehn Dollar, der auf V Stone ausgestellt und von einem Menschen namens Martin Witherspoon unterzeichnet ist. Wer ist Martin Witherspoon?
Sie reicht mir einen blassgrünen Scheck, unterzeichnet von Mary Rodriguez.
»Spenden!«, juchzt V, dann saust sie aus dem Zimmer und ruft: »Parker! Eric!«
Wenige Sekunden später sind wir alle in meinem Zimmer versammelt und zählen Geld. Die Leute haben den Zeitungsartikel gelesen und Geld geschickt!
Wir jubeln und machen Freudensprünge. Mom kommt rein, dann Frank, und wir jubeln noch ein bisschen mehr, dann stür-

men wir aus dem Haus und es geht mit der ganzen Familie plus Cassie zu Swensons, um den Tag mit Eisbechern zu feiern.
In den Minivan passen nur sechs rein, deshalb verteilen wir uns auf zwei Autos. Eric sagt: »Wenn wir einen Leichenwagen hätten, könnten wir alle zusammen fahren.«
»Und was ist mit den Sicherheitsgu...«, setzt Frank an, als Mom ihn die Rippen stößt. »Ja, Eric. Da hast du Recht.«
Bei Swensons setzen wir uns an einen riesigen Tisch und bestellen alle unterschiedliche Eisbecher.
»Wie viel Geld?«, fragt Parker. Er wippt auf und ab, als säße er auf einem unsichtbaren Pony.
»Siebenundfünfzig Dollar«, sagt V. »Aber bei der Zeitung meinten sie, es könnte gut sein, dass in den nächsten Wochen noch mehr Spenden kommen.«
»Es ist unglaublich«, sagt Mom und nimmt einen Löffel Vanilleeis mit Karamellsauce.
»Wer hätte das gedacht?«, sagt Cassie und leckt Pekannusscreme von ihrer Waffel.
»Wusstet ihr schon, dass Babys ohne Kniescheiben zur Welt kommen?«, sagt Frank.
Wir sehen ihn alle an, als hätte er den Verstand verloren.
»Dad«, sagt V. »Was hat das denn jetzt damit zu tun?«
»Unglaubliche Tatsachen«, sagt Frank, den Mund voller Schokoladen-Makadamianuss-Krokant. »Wir waren doch gerade bei unglaublichen Tatsachen, oder?«

»Erdnüsse sind ein Bestandteil von Dynamit«, sagt Eric.
»Wirklich?«, fragt Mom verblüfft.
»Es ist unmöglich, mit offenen Augen zu niesen«, sagt Cassie.
Parker versucht so zu tun, als würde er niesen, aber stattdessen spritzt er nur halb gegessene Brocken Bananensplit mit Toffeesauce über den ganzen Tisch.
»Parker!«, ruft Mom und sieht ihn ärgerlich an.
»'tschuldigung«, sagt Parker. »Ich hab nur versucht …«
»Es gibt kein Wort, das sich auf Wurm reimt«, sage ich schnell und hoffe, dass ich Mom von dem Chaos ablenken kann, das Parker angerichtet hat.
»Gurm aber wohl«, behauptet Parker und reibt den Tisch eifrig mit einer Serviette ab.
»Gurm?«, fragt Frank, zieht die Augenbrauen hoch und macht ein *Was soll denn ein Gurm sein?*-Gesicht.
»Ja«, sagt Parker. Dann rülpst er so laut, dass sich alle im Eiscafé umdrehen. GURM!
Außer Eric lacht keiner.
»Ekelhaft«, sagt V.
Finde ich auch.
Frank guckt ungehalten, während Mom Parker ansieht und einen Finger auf die Lippen legt.
Parker zieht einen Flunsch.
»Ein Zehncentstück hat hundertachtzehn Rillen am Rand«, sagt V.

»Und ein Fünfundzwanzigcentstück hat zwei Millionen!«, brüllt Parker.
»Man kann sich nicht einfach irgendwas ausdenken«, erkläre ich ihm.
»Hab ich ja gar nicht!«, schreit er mich an.
»Wusstet ihr schon, dass Ysop das einzige Wort ist, das mit den Buchstaben Y und s anfängt?«, sagt Mom.
»Das hast du dir ausgedacht«, sagt Parker und knallt seinen Eislöffel auf den Tisch. »Ysop ist überhaupt kein Wort.«
»Schscht«, macht Mom warnend. »Nicht so laut.«
»Sie hat Recht«, sagt Eric. »Das Wort gibt es. Es ist eine Pflanze.«
Parker zieht wieder einen Flunsch.
»Na komm schon, Kumpel«, sagt Eric aufmunternd. »Ich wette, dir fällt irgendeine Tatsache ein, die niemand anders weiß. Wusstet ihr schon, dass Schmetterlinge zwölftausend Augen haben?«
Parker windet sich und zieht an seinem T-Shirt, als hätte er Zikaden darunter. Er hört gar nicht zu.
»Wusstet ihr schon, dass es kein Wort gibt, das sich auf gelb reimt?«, sage ich.
»Oder auf Silber«, sagt V.
»Oder auf pfeifen«, fügt Parker störrisch hinzu.
»Und was ist mit Reifen?«, sagt V, und ich sehe, dass sie es sofort bereut.
Plötzlich bereuen wir es alle.

Weil Parker kurz davor ist zu platzen. Kurz vor einer Explosion. Er geht in die Luft, wenn ihm nicht endlich etwas einfällt, was kein anderer weiß.
»Wusstet ihr schon, dass ich Lilys Blume umgebracht hab?«, ruft er.

V

»Wusstet ihr schon, dass ich Lilys Blume umgebracht hab?«, rief Parker.

Einen kurzen Moment dachte ich, er hätte sich wieder was ausgedacht, wie vorhin, als er damit herausgeplatzt war, ein Fünfundzwanzigcentstück hätte zwei Millionen Rillen. Aber dann sah ich seinen Gesichtsausdruck.

Seine Augen weiteten sich vor Schreck, als könnte er selbst nicht glauben, was ihm da gerade entschlüpft war. Dann traten ihm Tränen in die Augen und liefen ihm über die Wangen.

»Es war ein Unfall«, flüsterte er. »Ich hab es nicht mit Absicht gemacht.«

»Du hast was?!!«, sagte Dad. Er ließ den Löffel sinken und starrte Parker an.

»Meine Sonnenblume«, sagte Lily fassungslos. »Du?«

Mary Beth und Eric starrten Parker an, beide mit offenem Mund. Sprachlos.

»Lily«, wimmerte Parker. »Es tut mir so Leid.«

Lily!, dachte ich. Und was ist mit mir? Wochenlang haben sie mir die Schuld für dein Verbrechen gegeben!

»V«, hickste er, schaute mich an und wischte sich mit beiden Händen die Tränen ab, wobei er verwässerte Toffeesoße über die Wangen verteilte. Er hickste noch ein paarmal, bis er schließlich herausbrachte: »Es tut mir Leid … dass … dass alle dir die Schuld gegeben haben.«

Ich versuchte mir ein verzeihendes Lächeln abzuquälen, aber es blieb auf halbem Weg stecken und sah bestimmt ziemlich verkniffen aus. »Ist schon gut«, sagte ich. »Kein Problem.«

Dad hob überrascht die Augenbrauen. Er langte über den Tisch, drückte meine Hand und sah mich mit einem stolzen kleinen Lächeln an. Dann wandte er sich wieder Parker zu.

»So, junger Mann, was hast du zu deiner Verteidigung vorzubringen?«

Das war so ein typischer dämlicher Elternsatz, denn Parker hatte uns doch gerade schon alles gesagt, was er zu seiner Verteidigung vorzubringen hatte – es tat ihm Leid. Er weinte. Und man sah, dass er ein armes Würstchen war. Na los, Dad. Guck ihn dir an.

Parker gab keine Antwort. Stattdessen ließ er den Kopf hängen und sagte: »Jetzt kann mich keiner mehr leiden.« Dann schaute er zu Eric.

»Mensch, Matscho«, sagte Eric. »Da steckst du ja ganz schön tief in der Aa.«

Worauf – ein dreifaches Hoch auf Eric – alle losprusteten.

Selbst Dad lachte in sich hinein. Er warf Eric noch nicht mal einen seiner *Werd doch endlich erwachsen und leg die Babysprache ab*-Blicke zu.

Ich hoffte, Eric hatte zugehört – und mitgekriegt, was Dad *nicht* gesagt hatte.

»Seid ihr nicht sauer?«, fragte Parker alle am Tisch nervös.

»Und ob ich sauer bin«, platzte Lily heraus. »Du hast meine Sonnenblume umgebracht. Na gut. Es war also ein Versehen. Okay. Da bin ich drüber weg.« Ihre Stimme wurde bedeutend sanfter, als sie das sagte, was mich davon überzeugte, dass sie offenbar wirklich drüber hinweg war. »Aber Parker.« Sie beugte sich über den Tisch, die Handflächen nach oben gekehrt, und sagte entsetzt: »Wie konntest du es zulassen, dass ich V beschuldige?«

Ich gab mir alle Mühe, keine Probleme zu machen, und biss die Zähne zusammen.

Lily ließ sich wieder auf den Stuhl sinken und sagte: »Es tut mir Leid, V.«

»Schon gut«, sagte ich. »Du konntest es ja nicht wissen. Und mir tut es Leid, dass ich manchmal fies zu dir war.«

Bis das raus war, hatte ich nicht gewusst, dass ich es sagen würde. Aber ich hatte mich in letzter Zeit oft gefragt, warum mich alle ohne zu zögern für eine Lügnerin gehalten hatten. Und dabei war mir die eine oder andere Gemeinheit eingefallen, die ich gebracht hatte.

»Danke, ihr zwei«, sagte Mary Beth und nickte Lily und mir anerkennend zu. »Aber Parker, das ist nicht in Ordnung. Wir sprechen uns noch.«

Was für eine Pleite. So stand am Ende der großen Fußballfeier Parkers unabwendbare Gefängnisstrafe.
Der Ärmste. In einer Woche war die Schule aus und er würde einen Hausarrest kriegen, der sich gewaschen hatte.

Parker

»Du wirst es überleben«, sagte Lily und schaltete die Nachttischlampe aus.

»Glaub ich nicht«, sagte Parker aus der Dunkelheit. Er hatte Hausarrest von jetzt bis Mitte Juni und er würde alles verpassen.

»Bist du immer noch sauer?«, fragte er.

»Nein. Ehrlich nicht. Und jetzt schlaf.«

»Können V und Eric mich jetzt nicht mehr ausstehen?«

»Quatsch. Schlaf jetzt.«

»Lily?«

»Was ist?«

»Hilfst du mir, eine zu finden?«

»Eine was?«

»Du weißt schon – eine von diesen erstaunlichen Sachen, die sonst keiner weiß?«

»Klar«, sagte Lily.

»Versprochen?«

»Parker, ich hab's doch gesagt. Also mach ich's auch. Und jetzt schlaf.«

»Lily?«

»Was ist denn?!«

»Nennst du mich Matscho?«
Es blieb lange still. Lilys Bettdecke raschelte, als sie sich umdrehte. Parker rückte mit seinem Kopfkissen näher an die Bettkante und wartete.
Es blieb immer noch still.
»Lily?«
»Was denn?«
»Schläfst du?«
»Ja.«
»Stimmt ja gar nicht«, sagte Parker.
»Schlaf jetzt, Matscho«, sagte Lily.

Lily

Als ich Sonntagmorgen aufwache, denke ich, wie schön es wäre, wenn ich ein gutes Projekt für Naturkunde hätte. Parker ist schon auf und zieht sich für die Sonntagsschule an.

Ich hebe die zerknitterte Zeitungsseite auf, die neben dem Bett liegt, und lese den *Wie die Faust aufs Auge*-Artikel. Jetzt, wo ich weiß, dass V keine Lügnerin ist, kann ich mir auch denken, dass der Reporter einfach die Tatsachen verdreht hat.

Ich schaue auf die Rückseite und lese »Reihenfolge der Geburt prägt Persönlichkeit«. Ich lese den ganzen Artikel.

Interessant. Die Erstgeborenen sind in der Regel Perfektionisten und Anführertypen. Die mittleren sind Friedensstifter und Clowns. Die Nesthäkchen sind unabhängige Geister. Manchmal sind sie auch verwöhnt.

Dann wird detailliert beschrieben, dass diese Beschreibungen Stereotypen sein können – das heißt, sie müssen nicht unbedingt zutreffen. Oder es gibt Abweichungen, zum Beispiel können die zweiten Kinder auch still oder innovativ sein. Ich nehme mir vor, »innovativ« nachher im Wörterbuch nachzuschlagen.

Noch mehr schwierige Wörter tauchen auf, »Impetus«, »mani-

pulativ« und »nuanciert«. Ich kann nicht mehr so ganz folgen, aber ich fange an darüber nachzudenken, wer ich bin.
Die Erstgeborene. Anführertyp. Erfindungsreich. Ich nicke, während ich das lese, und denke, genau, das bin ich. Dann trifft es mich plötzlich wie ein Hammer.
Ich bin *nicht* die Erstgeborene! Oder?
Ich meine, ich wurde als Erste geboren. Aber jetzt bin ich die Drittälteste. Oder die Zweitjüngste. In meinem Kopf dreht sich alles.
Ich denke an Eric – Clown wird zum Anführertyp. Oder V. Als Frank Mom geheiratet hat, ist V älter geworden, weil sie mich jetzt rumkommandieren kann. Aber sie findet, dass Mom sie behandelt wie ein kleines Kind. Ist sie also älter und gleichzeitig jünger geworden? Was ist mit ihr passiert, als Ben starb? Und was hatte es für einen Einfluss auf die Persönlichkeit der ersten V, als sie zu V3 wurde?
Nach einer Weile ist in meinem Kopf so ein Chaos, als müsste ich eine Textaufgabe lösen. Mir war immer klar, dass wir neu gemischt worden sind, aber wer hätte gedacht, dass das auch unsere Persönlichkeit durcheinander gewirbelt hat?
Ich beschließe ein Schaubild zu zeichnen, um besser nachvollziehen zu können, wer wir waren, wer wir jetzt sind und wer wir sein könnten, wenn sich alle neu positioniert haben. Ich zeichne mich mit grüner Tinte, V in Rot, Parker in Blau und Eric natürlich in Schwarz. Das Blatt sieht aus wie eine Straßen-

karte. Die Linien führen vom Anführer zum Nesthäkchen, zum Friedensstifter und wieder zurück.
Ich schaue es mir an und pruste los. Das Schaubild ist ein Witz. Das hilft mir überhaupt nicht weiter. Jetzt bin ich drei Personen. Vielleicht sogar vier.
»Was ist so witzig?«, fragt Mom, die den Kopf zur Tür hereinsteckt.
»Nichts«, sage ich und frage mich, ob ich mich jetzt in das ericmäßige ältere Kind verwandle, das den Eltern nichts erzählt.
»Beeil dich und zieh dich an«, sagt Mom.
»Ich kann heute nicht in die Sonntagsschule«, sage ich in der Hoffnung, einen Trick der Letztgeborenen anwenden zu können, von dem ich gerade gelesen habe – die so genannte Manipulation, was wohl so viel bedeutet wie die Eltern reinzulegen, ohne ihnen direkt ins Gesicht zu lügen.
»Bist du krank?«, fragt sie.
»Nein, ich muss mein Naturkundeprojekt noch mal neu machen. Wir müssen morgen abgeben.«
Ich will schon hinzufügen, dass ich es nur deshalb in den Sand gesetzt habe, weil sie uns nicht erlaubt hat, Zikaden zu verkaufen. Aber ich fürchte, sie würde mich nur daran erinnern, dass wir nicht zuletzt deshalb weniger für unsere Fußbälle eingenommen haben, weil ich vergessen habe, die Mehrwertsteuer zu berücksichtigen.
»Hm«, sagt sie. »Na gut.«

Na gut? Einfach so? Ich muss nicht zur Sonntagsschule? Wahnsinn.

»Du bist jetzt alt genug, um solche Dinge selbst zu entscheiden«, fügt sie hinzu.

Nachdem sie gegangen ist, sitze ich noch fünf Minuten fassungslos auf dem Bett. Nach dieser Überraschung muss ich gleich noch eine Linie in mein Schaubild zeichnen. Ein langer grüner Tintenstrich führt vom hilflosen Nesthäkchen bis hoch hinauf zum selbstverantwortlichen Erwachsenen.

Ich finde, das Schaubild braucht einen Titel, deshalb nehme ich einen lila Leuchtstift und schreibe »Wer bin ich jetzt?« obendrüber.

Und dann hab ich's plötzlich.

Vor meiner Nase liegt der Anfang eines supergeilen Eins-plus-Naturkundeprojekts.

Parker

Alle quetschten sich in Erics Leichenwagen – Eric, V, Parker und Lily. Sie trugen die SSS-T-Shirts, die Mom und Frank schon vor Wochen heimlich bestellt hatten. Im Wagen wäre wahrscheinlich genug Platz für alle plus die Fußbälle gewesen, aber Frank rief: »Kommt überhaupt nicht in Frage!«, und alle mussten wieder aussteigen, weil es nur zwei mal zwei Sicherheitsgurte gab.

Eric hatte noch nicht den Führerschein, nur die Erlaubnis, als Fahrschüler zu üben, deshalb musste Frank ihn begleiten, als er die Bälle besorgen wollte. Die anderen blieben zu Hause und breiteten das Packmaterial auf dem neuen Küchentisch aus.

Parker hatte schon zwei sterbenslangweilige Wochen Hausarrest hinter sich. Die meiste Zeit hatte er versucht, auf irgendwas Tolles zu kommen, was kein anderer wusste. Lily wollte ihm helfen, aber ihre Vorschläge klangen alle nach Lily-Tatsachen. So was wie: Wusstet ihr schon, dass es kein Wort gibt, das sich auf »Monat« reimt?

Er war es leid, darüber nachzudenken, und er hatte den Hausarrest satt. Aber jetzt, wo alle zu Hause waren und an einer Sache arbeiteten, war es fast wie Weihnachten.

Lilys Plakat mit der Überschrift »Wer bin ich jetzt?« hing am

Kühlschrank, wo alle es sehen konnten. Sie hatte dafür eine Zwei plus bekommen.

Mrs Finley hatte gesagt, die Idee wäre eine Eins plus wert gewesen, aber die Ausführung lasse etwas Sorgfalt vermissen. Das kümmerte Lily nicht – es war trotzdem die beste Note, die sie je in Naturkunde bekommen hatte.

Parker kam nicht darüber hinweg, dass er dem Schaubild zufolge jetzt zwei oder drei verschiedene Personen war. Es war wie Zauberei. Oder als wäre er ein Drilling.

»Gib mir mal das Klebeband«, sagte Lily.

»Hier«, sagte V. »Soll ich dir nachher mal meine neue CD vorspielen?«

»Au ja«, sagte Lily.

Frank und Eric kamen mit zwanzig Fußbällen in die Küche. Ein Karton ragte in die Tür und riss das Fliegengitter ein.

»Huch. ’tschuldigung. Das war Erics Schuld«, scherzte Frank.

»Stimmt ja gar nicht.«

»O doch.«

»Leute!«, schimpfte Mom, aber sie sah glücklich aus.

»Vielen Dank für die Hilfe – Dad und Mary Beth. Und für die T-Shirts«, sagte Eric. »Das mit dem Verschicken kriegen wir alleine hin.«

»Na dann viel Spaß«, sagte Frank und winkte freundlich. Er und Mom verschwanden ins Wohnzimmer, um langweiliges Zeug zu lesen.

»Kommst du an die Adressaufkleber?«, fragte Eric.
Lily schob sie ihm über den Tisch zu.
Parker dachte an die Briefe, die er früher immer von seinem Vater bekommen hatte. »Hört ihr manchmal was von eurer Mom?«, fragte er V und Eric.
»Kaum«, sagte Eric.
»Sie hat jetzt ein anderes Leben«, sagte V. »Was ist mit deinem Vater?«
»So gut wie nie.«
Vorsichtig ließ Lily vier Fußbälle in einen Karton gleiten. Parker drehte sie so, dass sie hineinpassten. Eric und V füllten die Adressaufkleber aus.
»Frank ist cool«, sagte Parker.
»Mary Beth auch«, sagte V.
»Unsere Familie ist total chaotisch«, sagte Lily.
»Wer hätte das gedacht«, sagte V und zeigte auf das Schaubild. Alle schauten auf das Liniengewirr, das sie in neuer und nicht unbedingt verbesserter Form darstellte.
»Hm«, sagte Parker und starrte auf das Durcheinander der verschiedenen Farben. »*So* chaotisch fühl ich mich gar nicht.«
Lily, Eric und V sahen sich so komisch an, dass man meinen könnte, sie fühlten sich sehr wohl so chaotisch.
»Na ja«, sagte Eric, starrte auf die sich kreuzenden Linien und rieb sich das Kinn. »Auf jeden Fall fühle ich mich nicht mehr so chaotisch wie früher.«

V überlegte einen Moment und nickte dann überrascht.
»Ja. Da ist was dran«, sagte Lily. »Ich auch nicht.«
Parker schaute triumphierend in die Runde.
»Ich hab's geschafft!«, brüllte er und schlug sich auf die Brust.
»Was?«, fragte Eric und beugte sich vor, um einen Karton mit Klebeband zu umwickeln.
»Ich hab euch allen was erzählt, was ihr noch nicht wusstet!«
»Du spinnst ja«, sagte Lily. »Was wussten wir nicht?«
»Dass ihr nicht mehr so chaotisch seid«, sagte Parker und zeigte auf das Schaubild. »Bis zu diesem Moment wusstet ihr das nicht. Bis ich es euch gesagt hab. Oder? Hm? Stimmt doch, oder? Ihr hattet keinen blassen Schimmer. Yeah!«

Eric

Tagebucheintrag # 185

Parker ist ein kluger kleiner Junge.

Ich bin nicht mehr so chaotisch. Wer hätte das gedacht?

Vielleicht hat V ja auch Recht – mit Dad und mir.

Vielleicht.

v

Jetzt mache ich wirklich keine Probleme mehr.
Ich spüre es genau.

Lily

V macht gar keine Probleme mehr.

Na ja … jedenfalls ist sie nicht mehr so schwierig wie früher.

Und ich bin jünger. *Und* älter.

Eric lächelt öfter.

Und Parker ist klüger, als wir alle gedacht hätten.

Außerdem habe ich, Lily, eine super Idee. »Los, wir versuchen noch mehr Geld zusammenzukriegen«, schlage ich vor.

Sie starren mich an.

Eric, V und Parker sitzen auf der Hintertreppe, alle sind in ausgelassener Sommerlaune. Ein gelber Rasensprenger verteilt in trägen weiten Bögen Wasser über den Garten. Parker pult an einer frischen Kruste am Knie. Die Fußbälle sind auf dem Weg in den Irak.

»Wir könnten für die Kinder, denen wir die Fußbälle geschickt haben, Trikots kaufen«, erkläre ich.

»Ja?«, sagt Eric und verlagert das Gewicht vom rechten auf den linken Ellbogen. »Und wie?«

»SSS?«, fragt V.

»Ich weiß nicht. Vielleicht.« Ich lasse mich auf die unterste Stufe plumpsen. »Oder irgendwas Neues.«

Parker nimmt eine Ameise, die an seinem Fuß vorbeikrabbelt, auf die Hand. »Sind Ameisen allergiefrei?«, fragt er.

»Klar«, sagt Eric. »Mit Schokoladenüberzug kann man die essen.«

»Cool!«, ruft Parker. »Dann mach ich gegrillte Twinkies Zwei – die Fortsetzung!«

»Ich weiß was!«, rufe ich und springe auf. »Wir machen Ameisenbärchen!«

»Was soll das denn sein?«, sagt V.

»Gummibärchen mit Ameisen drin.«

»Und wie willst du die da reinkriegen?«

»Das geht schon.«

»Hmmm«, macht V.

Jetzt rufen alle durcheinander.

»Yeah!«

»Genial.«

»Ja!«

Betty Hicks kennt das Chaos in Patchwork-Familien aus eigener Erfahrung. Als Alleinerziehende und als Stiefmutter konnte sie viel Stoff für ihre Bücher sammeln, in denen sie das Familienleben auf lustige Weise und mit scharfem Blick für die komischen Situationen des Alltags beschreibt.
Die Autorin, die mit ihrem Mann in Greensboro, USA, lebt, ist eine begeisterte Leseratte, sie reist und wandert viel und spielt gerne Golf. Am liebsten ist sie mit ihren beiden Enkelkindern zusammen, die ihr, wie sie selbst sagt, »unendlich viele Ideen für zukünftige Bücher liefern«.
Der Sommer, in dem meine Sonnenblume gekillt wurde ist das erste Buch der Autorin in deutscher Sprache.

Alan Cumyn

DIE GEHEIMEN ABENTEUER DES OWEN SKYE

Aus dem Englischen von Sabine Ludwig. Einband von Markus Zöller.
176 Seiten. Ab 10 Jahren. ISBN 3-7915-2731-2

Owen Skye und seine beiden Brüder erleben die verrücktesten Abenteuer: Im verlassenen Spukhaus begegnen sie der Frau des unheimlichen Moddermannes, sie empfangen geheimnisvolle Nachrichten aus dem All und entrinnen an der Eisenbahnbrücke knapp dem Tod. Aber was auch geschieht, die drei halten zusammen. Nur von seiner geheimen Liebe zu Sylvia kann Owen seinen Brüdern nichts erzählen. Bei diesem Abenteuer ist er ganz auf sich allein gestellt!

DRESSLER

Sabine Ludwig

DIE NACHT, IN DER MR SINGH VERSCHWAND

Einband von Sabine Wilharm. 288 Seiten. ISBN 3-7915-1196-3

Kann es etwas Schöneres geben als Ferien auf einem richtigen Schloss? Man kann reiten, schwimmen und spielen – das schottische Schloss Fairytale Castle lässt keine Wünsche offen. Und am Abend verzaubert der Märchenerzähler Mr Singh die Kinder mit seinen Geschichten. Miranda fühlt sich wie im Paradies. Doch als Mr Singh verschwindet, geraten Miranda und ihre Freunde in ein Abenteuer, bei dem sie sogar um ihr Leben bangen müssen.

Hansjörg-Martin-Preis für den besten Kinder- und Jugendkrimi 2005

DRESSLER